여기, 무엇을 하고 있는가?

여기, 무엇을 하고 있는가?

초판인쇄	2015년 9월 5일
초판발행	2015년 9월 10일
지은이	경정 김무생
발행인	방은순
펴낸곳	도서출판 프로방스
표지 & 편집 디자인	오종국 Design CREO
사진	김무생 김동균 외
마케팅	조현수
ADD	경기도 고양시 일산동구 백석2동 1301-2 넥스빌오피스텔 904호
전화	031-925-5366~7
팩스	031-925-5368
이메일	provence70@naver.com
등록번호	제396-2000-000052호
등록	2000년 5월 30일
ISBN	978-89-89239-54-3 03810

정가 15,000원

파본은 구입처나 본사에서 교환해드립니다.

여기, 무엇을 하고 있는가?

경정 김무생 저

프로방스

책을 펴내면서

마음의 고향

모깃불 타는 매캐한 연기가 자욱한 마당에 멍석 깔고 누워 바라보던 별들의 한 바탕 잔치가 서럽도록 내 마음을 비집고 나옵니다. 마을 굴뚝마다 연기가 피어오르던 노을이 익어 갈 무렵의 고향 가을 들판도 늘 그립습니다. 내 고향 상동의 사계는 일흔을 바라보는 지금까지도 이렇게 내 마음의 쉼터로 자리 잡고 있습니다. 마음이 피로할 때, 상동만 생각하면 언제 어디서든 마음이 촉촉해지면서 스멀스멀 안도감이 들고 평화로워집니다. 가끔 내 아이들에게도 이렇게 말하곤 합니다.

"고무신 신고 소몰이 하면서 흙냄새와 풀내음을 느끼고, 시냇

물 흐르는 소리와 풀벌레 소리를 듣던 시절의 정서가 나의 귀의 처이다.”

유학시절, 머나먼 이국땅 인도의 하늘 아래에서도 어린 시절의 추억이 간간이 찾아오곤 했던 저녁나절의 적막감을 달래주었습니다. 외로움을 느낄 때마다 ‘저 산 너머 저 멀리 그리운 내 고향’을 노래하며 내 마음속의 고향을 그렸습니다. 고향은 곧 내가 돌아갈 곳이요, 돌아갈 곳이 있다는 그 하나만으로도 생기가 났습니다.

돌이켜보면, 고향에서 보낸 소년기가 마냥 즐거운 것만은 아니었습니다. 대체로 가난했던 시절, 하루 세끼 먹고사는 것이 관심사였던 내 고향 사람들의 형편. 다들 그러했듯이 미래마저 흐릿한 소년기를 보냈습니다. 학령에 딱 맞추어 배움의 과정을 수행할 수도 없었습니다. 그러나 삶이 꼭 불편하지는 않았으며, 내 처지에 대해 불평도 하지 않았던 것 같습니다. 다만, 당장 나에게 주어진 일이라면 무슨 일이든 할 수 있고, 그렇게 해야만 한다는 마음을 가지고 막연하지만 앞날에 대한 꿈은 놓지 않았습니다.

고향에서 다진 어린 시절의 경험과 사고는 훗날 힘들고 어려운 일이 닥칠 때마다 단단한 버팀목이 되어 주었습니다. 어려워도 마음 넉넉했던 시절을 경험한 탓일까요? 생득적生得的으로 내 것만 챙기는 경쟁에 익숙하지 않고, 그런 경쟁 자체를 좋아하지 않습니다. 승부를 가르는 놀이를 하더라도 놀이 자체에만 열중할 뿐, 악착같이 이기려고 덤비지 않았습니다. 상대가 승부에 집착하면 슬그머니 놀이를 끝내 버리기도 했습니다. 쓸데없는 승부에 힘을 허비할 것이 아니라, 최선을 다하는 진정한 승부에 힘을 쏟겠다는 생각 때문이었습니다. 승부욕이 나쁘다는 뜻은 아닙니다. 그러나 진정한 승부욕이란 내가 이기겠다는 욕심이 아니라, 나의 능력을 최대한 발휘하려는 마음입니다. 또한 승부의 진정한 가치는 결과보다 과정에 두어야 합니다. 그래야만 승리와 함께 패배의 가치도 수렴할 수 있으며, 지나친 에너지의 낭비를 줄일 수 있게 됩니다.

생명 세계의 먹이사슬은 끊임없이 치열한 경쟁을 벌이고 있습니다. 이 경우, 자연의 경쟁은 승부의 다툼이 아니라 진화의 과정입니다. 모든 생명은 경쟁을 통하여 끊임없이 진화하며 동시에 조화를 이루어 갑니다. 세계는 하나이고 낱낱의 개체는 세계를 구성하고 유지하는 구체적인 활동상이기 때문입니다. 자연은 인간의 스승입니다. 어린 시절부터 나는 경쟁이란 누군가를 밟고 홀로 우뚝 서는 것이 아니라, 아름다운 진화 과정이라는 진리를 온몸으로 느끼면서 자랐습니다. 우리 사는 세상에서 살아남기 위한 경쟁의 줄다리기를 피할 수는 없습니다. 그러나 자기만의 이익을 위해 경쟁하는 것은 천하게 보입니다. 이러한 경쟁을 합리화하려는 변명은 더욱 천합니다. 언제부터인가 세상은 자연의 고귀한 경쟁이 아닌 천한 경쟁의 늪에 사람들을 몰아넣기 시작했고, 다들 그 늪 속에서 서로 살아남기 위해 이전투구를 벌이고 있습니다. 과연 이 이전투구는 누구를 위한 것일까요? 이 경쟁에서 승리하는 사람은 있을 수 없습니다. 승자와 패자 모두가 삶의 기본적인 배경인 평화를 누릴 수 없기 때문입니다. 따라서 인류의 평화와 행복은 경쟁의 본분사로 되돌아가는 데서부터 시작되어야 합니다.

인생은 현재 진행형이고 그 터전은 바로 지금 이곳입니다. 사람이 제대로 살아가기 위해서는 세 가지 화두에 대한 바른 정의가 세워져야 합니다. 그 화두란, 첫째 지금 여기서 무슨 일을 어떻게 하고 있는가, 둘째 지금 어디로 가고 있는가, 셋째 돌아가서 편히 머무를 곳이 있는가 하는 것입니다. 이 세 가지의 화두는 지향하는 삶의 내용과 방향, 그리고 행복의 길을 일러주는 지남指南입니다. 어쩌면 인생살이는 이 화두의 정의에 대해 고민하고 풀어가는 과정일지도 모릅니다. 그러나 확실한 것은 있습니다. 화두는 셋이지만 그 귀결은 결국 '자기' 를 살피는 것으로 모아집니다. 나는 지금 어떻게 경쟁하며 살고 있는가, 그리고 경쟁과정에서 얻은 피로를 풀고 안온하게 머무를 '귀의처는 마련하고 있는가?' 로 말입니다.

인생에서 귀의처란 돌아가서 편안하게 머물 곳, 다시 방전된 에너지를 충전해 주는 곳으로서 매우 중요한 것입니다. 귀의처가 특별한 장소일 수도 있지만, 공간적 개념을 초월한 사람일 수도 있으며 나아가 신행의 대상일 수도 있습니다. 삶의 이상이기도 하며, 이상보다 고귀한 청정한 마음자리이기도 합니다. 돌아갈 곳이 있는 사람은 인생길에서 헤매지 않습니다. 오늘도 거리마다엔 인생길을 바삐 걸어가는 군상들이 넘쳐나고 있습니다. 궁금합니다. 그들은 과연 어디로 가고 있는 것일까요? 분명한 방향을 따라 가는 사람도 있을 것이며, 일상의 관성에 의해 아무 생각 없이 걸어가는 사람도 있을 것입니다. 방향을 잡지 못하고 속절없이 걸어가는 중생들이 있다면 하루빨리 제 길을 찾아가기를 바랍니다.

그 동안 『그대, 돌아갈 곳이 있는가?』 『지금 어디로 가하고 있는가?』라는 제목의 연작 에세이집을 차례로 발간한 적이 있습니다. 이번에는 그 연작을 마감하기 위해 『여기, 무엇을 하고 있는가?』를 세상에 내놓으려 합니다. 이 책은 앞의 글과 마찬가지로 신행잡지, 대학의 신행서, 그리고 불교계 신문 등에 게재했던 것들을 모아 단행본에 어울리도록 풀어 써서 엮은 것입니다. 인생의 가치는 지금 여기서 무슨 일을 어떻게 하고 있는가에 달려 있기에, 인생살이라는 경쟁의 속도를 잠시 늦추고 주위와 자신을 돌아보며 올바른 방향을 향해 걷고 있는지 살피기를 바라는 마음을 담아서 쓴 글입니다.

부디 내 생각이 많은 이들에게 공감을 줄 수 있기를 바라며, 글을 통하여 언필칭 살기 어렵다는 세상이 그래도 살만한 곳이라는 생각을 읽는 이들과 함께 공유하고 싶습니다. 세상은 살기 어려운 곳이 아니라 그렇게 살기 때문에 어려울 뿐입니다. 지금 살기 어려운 것은 삶의 방향을 올바로 정하지 않고, 지금까지 해온 경험에 따라 관성적으로 살기 때문입니다. 지난 경험[업業]이 미래의 삶의 방향에 큰 영향을 주는 것은 사실이지만, 이젠 새로운 경험이 필요할 때입니다. 세상은 혼자만이 아닌 삼라만상이 함께 어울려 살아간다는 경험이 요구되는 시대입니다. 그런 경험이 쌓이면 마음 맑은 사람들이 많아지고, 서로 희망의 화음을 맞추는 아름다운 경쟁은 세상을 아름다운 정토로 꾸며나가게 될 것입니다.

책이 세상에 선을 보이기까지 내용을 정리하고 교열에 힘써 준 권표님, 멋있는 디자인으로 책을 아름답게 꾸며준 오종국님, 수많은 시간과 고뇌를 통하여 완성된 사진을 제공해 준 여러분들께도 고마움을 전합니다. 또한 출판시장 불황에도 불구하고 기꺼이 책을 펴내준 도서출판 프로방스 조현수 사장님께 감사를 드립니다. 나아가 이 책을 통하여 함께 할 모든 이들이 행복하기를 서원합니다. 모두 고맙습니다.

진기 59(2015)년 9월

불이不二 심인정사心印精舍에서 경정敬淨 **김무생**金武生 씀

차 례

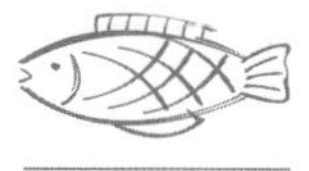

새는 두 나래(날개)로 난다

'구슬이 서 말이라도 꿰어야 보배' 라는 말이 있습니다. 아무리 훌륭하고 좋은 것이라도 다듬고 정리하여 쓸모 있게 만들어 놓아야 값어치가 있음을 비유적으로 강조한 말입니다. 구슬이 보배로서 가치를 가지려면, 구슬과 더불어 구슬을 꿰는 작업이 매우 중요하다는 것은 누구나 잘 압니다. 그러면서도 구슬을 꿰기 위해서 실(끈)이 필요하다는 사실은 간과하기 쉽습니다. 좋은 구슬과 그것을 꿰는 능숙한 솜씨가 있더라도, 실이 튼튼하지 않으면 명품 목걸이를 만들 수 없습니다. 이처럼 구슬목걸이가 완성되려면, 영롱하고 고귀한 구슬 여러 개와 장인의 능수능란한 작업 솜씨 못지않게, 가려져 보이지 않는 실의 역할이 매우 중요합니다. 실의 존재는 곧 여러 개의 구슬을 하나로 엮어 목걸이라는 보배를 만드는 귀중한 역할을 하고 있는 것입니다.

『노자老子』에 '삼십폭장三十輻章' 이라는 말이 있습니다. 여기에서 '폭輻' 은 수레의 바퀴살을 일컫습니다. 차바퀴의 구조는 크게 바퀴살[폭輻], 바퀴망[망輞] 그리고 속바퀴[곡轂]의 세 부분으로 되어 있습니다. 그리고 바퀴는 보통 30개의 바퀴살[폭]이 같이 하나의 속 바퀴[곡]에 연결되어 있습니다[삼십폭공일곡三十輻共一轂]. 그러나 차바퀴로서 작용하기 위해서는 속 바퀴[곡] 안의 공간이 가장 중요합니다[당기무유거지용當其無有車之用]. 겉에 드러나 있지 않아 간과하기 쉽지만, 속 바퀴에 빈 공간이 없으면, 차바퀴가 작용하지 않습니다.

육방六方을 예경禮敬하는 청년에게 그 의미를 설하는 『육방예경六方禮經』이란 경이 있습니다. 이 경을 통한 부처님의 마지막 당부는 이러합니다.

안을 닦지 아니하고 밖을 보호하려 하면 원래 잘못된 것이요, 복이 안에 솟아남을 깨쳐 알지 못하고서 동쪽이나 서쪽에서 온다고 생각하는 것은 어리석은 일이다.

보인다는 것은 보이지 않는 것이 드러난 것일 뿐입니다. 겉모습의 근원은 속 내용이고, 유有의 고향은 무無입니다. 반대로 무無의 나툼이 유有이니, 안의 작용 없이 밖이 움직일 수 없습니다. 우리가 흔히 접하는 기업의 과대광고, 실제 제품보다 더 화려하게 보임으로써 소비자를 기만합니다. 비판 받아 마땅하지만, 기업의 부도덕적 행태에 앞서 소비자에게도 일말의 책임이 있습니다. 과장광고의 유혹에 쉽게 넘어가는 사람들의 심리 속에는 겉으로 드러내고자 하는 욕망이 있으며, 겉으로 드러나 있는 모습(세계)에 집착하는 마음이 자리하고 있게 마련입니다. 그러한 심리가 속(안)과 겉(밖)이 일치하지 않는 생각과 행동을 유발시키고, 과장광고의 공범으로 동참하게 하는 이유입니다. 그러나 속 내용은 제쳐두고 겉모습에만 마음이 빼앗기면, 그 사람의 삶은 항상 공허해집니다.

겉모습만 보는 사람을 어리석다고 합니다. 보이는 것이 담고 있는 의미를 제대로 읽지 못함으로써 겉모습마저 보지 못하는 더 어리석은 사람들도 많습니다. 드러난 모든 현상이란 보이지 않는 실상實相의 구체적인 활동상입니다. 보이지 않는 진실의 세계[전일생명全一生命]는 다양한 활동과 모습으로 나타납니다. 현상의 다양한 모습은 제 나름대로 특징을 갖추고, 상호작용을 하면서 전체의 조화를 이루고 있는 것입니다. 어리석은 사람은 대립과 투쟁의 모습을 보지만, 지혜로운 사람은 상호부조와 조화의 모습을 봅니다. 수레의 바퀴는 둘이라야 제대로 굴러갑니다. 새는 두 나래[쌍익雙翼]로 날 수 있습니다. 그래서 경론經論에는 수레바퀴와 새 나래의 비유가 많습니다. 『속전등록續傳燈錄(권13)』에 이런 경구가 있습니다.

새는 두 날개로써 멀고 가까움에 관계없이 날아간다[鳥有雙翼飛無遠近], 그러나 진리[도道]를 보지 못하는 사람은 원려遠慮가 없어서 반드시 근우近憂를 맞는다(대51,547하).

세상의 도리에 밝지 않으면 내외內外 원근遠近을 함께 보지 못하여, 가까이에서부터 근심거리를 만나게 된다는 뜻입니다. 이렇듯, 진리의 보이지 않는 세계나 속세 현실의 보이는 세계는 새의 두 날개나 수레의 두 바퀴처럼 상보相補의 관계를 가지고 있습

니다[진곡쌍익真穀雙翼 공유이륜空有二輪](대50,596하). 게다가 서로 도우는 관계는 상승相乘하는 효력을 불러일으킵니다. 상승은 단순한 합合이 아니라 곱[배倍]으로서, 둘이 서로 도우면 둘의 효과가 아닌 기하급수적 효과를 가져 오게 됩니다. 둘이 서로 도우면 새의 나래나 수레의 바퀴처럼 같은 방향으로 움직이기도 하지만, 때로는 서로 반대 방향으로 활동함으로써 그 작용을 다양하게 하여 효과를 급상승시키기도 합니다. 사람의 두 팔과 두 다리 등은 서로 반대 방향으로 움직여야만 더 큰 힘을 내지 않든가요?

그래서 세간 사람들의 생각과 활동상은 항상 즐겨 좌익左翼(진보進步), 우익右翼(보수保守) 등 둘로 나누어집니다. 왼쪽 날개(좌익)와 오른쪽 날개(우익)는 쌍을 이루어 적절하게 작용할 때 상생相生이 상승합니다. 그런데 우리가 살고 있는 세상에는 그 두 날개가 상생에는 도통 관심이 없고, 상극相剋의 상쇄相殺에만 골몰하고 있는 듯합니다. 그래서 세상이 어지럽고 많은 사람들이 힘들어 하게 되는 것입니다. 까닭이 무엇일까요? 상대相對를 인정하는 마음의 여유가 없기 때문입니다. 유상有相의 현실은 반드시 상대가 있으며, 상대가 있기에 삶이 아름답고 즐겁습니다. 상대를 받아들이지 못하는 것은 자연의 순리에 대한 그르침[위역違逆]입니다. 수순隨順하지 않으면 고통이 따르기 마련입니다. 그럼에도 불구하고 지식과 식견으로 무장한 소위 똑똑한(?) 사람들이 왜 좌우 상극의 상쇄를 부추기고 있는 건지 참 이해하기 어렵습니다. 알고 보면, 그들은 결코 똑똑한 사람들이 아닙니다. 아견我見에 빠져 있는 어리석은 사람들일 뿐입니다. 그들만이 아닙니다. 우리 또한 아견으로 똘똘 뭉친 어리석은 사람이 아닌지 스스로 살펴보아야 합니다. 내 생각만 옳으며, 내 생각과 다른 사람을 용납하지 못하고 있지나 않는지 자신을 돌아보아야 합니다. 상대방의 다름을 인정하는 태도는, 어느 하나에 치우치지[집착執着] 않고 다양함을 수용하여 그의 생각과 행동을 존중하는 마음에서 출발합니다.

사람마다 가지고 있는 각각의 특성과 능력을 관찰하는 것은 매우 중요합니다. 그러한 특성과 능력이 조화되고 협조를 이루면, 창조적 활동이 생성되어 긍정적 상승효과를 발휘합니다. 사람뿐이겠습니까. 산천초목도, 길 위의 전석塼石도 다 제 가치를 가지고 있습니다. 회당대종사는 이러한 이치를 다음과 같이 명쾌하게 일러 주고 있습니다.

둘로 나누는 데 뚜렷한 하나가 있음을 알아야 한다. 따로 세워 가는 데 상대의 것이 바르게 된다. 따로 세운다는 것은 상대의 것을 비방하는 것이 아니라 존중하는 것이다.

제각기 다양한 특성을 가지고 전체의 아름다운 조화를 위하여 나누어져서 활동하고 있는 세계를 만다라세계라 합니다. 상호부조와 예경의 세계로, 애당초 우리가 살고 있는 세계가 바로 만다라세계입니다. 그런데 삼라만상이 만다라의 세계에 순응하여 존재하고 있지만, 유독 인간들만이 그 질서를 무너뜨리고 있습니다. 지금 세상이 진정 만다라의 세계입니까, 아니면 아수라의 세계입니까? 상승의 만다라세계에 살 것인가 아니면 상쇄의 아수라세계에 살 것인가는 그 사람의 마음에 달려 있습니다. 상생 곧 상호부조와 예경을 중시한다면 만다라의 세계가 될 것이고, 상극과 상쇄에 집착한다면 아수라세계가 될 수밖에 없습니다. 세상을 아름답게 사는 사람은 상대를 품을 수 있는 수행인 자심自心의 자비를 체험할 수 있습니다. 좌우 상승의 이치를 일심으로 예참禮懺하는 사람에게는 만다라의 세계가 그대로 열립니다. 우리 모두가 분별과 차별에 시달리는 중생에게 평등한 사랑을 베푸는 보살이 되어 두 나래가 조화를 이루는 세상을 만들어 가면 좋겠습니다.

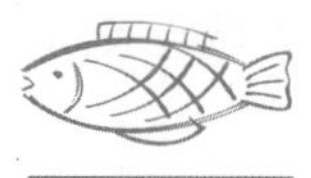

만남[緣]의 셈법

누구에게나 인격이 있으며, 누구나 존경받는 이상적인 인격을 갖추기를 원합니다. 『금강정경金剛頂經』에서는 사람이 갖출 수 있는 서른일곱의 인격상을 제시합니다. 그 이상적인 인격상[삼십칠존三十七尊]을 가까이에 모시고 닮아가려 애쓰다 보면, 자신도 모르게 터득할 수 있으니 인격전환의 터닝 포인트로 삼으라는 뜻입니다.

인생은 만남[연緣]의 총화總和입니다. 인생만 그러한 것이 아니라, 우리가 살고 있는 세계도 만남에 의해서 생겨난[연기緣起] 연기의 세계입니다. 모든 구성 요소들이 상호 만남[緣-관계]을 통해 이루어져[기起] 있는 세계라는 말입니다. 연기의 세계에서는 모든 구성 요소들이 서로 의존[상의相依]하고, 밀접한 관계[상관相關]를 맺고 있습니다. 상의와 상관의 세계에는 어느 하나도 홀로 존재[독존獨存]할 수 없습니다. 그 무엇도 독존할 수 없다 함은 '전체적으로 보아 하나[全一]' 임을 뜻합니다. 전체적으로 하나인 전일全一의 세계는 두 가지 모습을 보입니다. 하나[일一]로 보이면서, 개별적으로는 무수한[다多] 모습을 보이는 것입니다. 이처럼 하나와 여럿의 모습을 동시에 보이는 것을 '일여一如' 라고 합니다. 하나라고도 할 수 없고(또는 있고), 여럿이라고도 할 수 없는(또는 있는), 즉 하나인 듯하다는 의미입니다. 분별적 사고에 젖어 있으면 전일의 모습을 제대로 인식할 수 없습니다. 마음이 청정해야만 세계가 전일하고 일여하다는 사실을 깨달을 수 있습니다. 우리는 연기의 세계, 전일의 세계, 일여의 세계에 살고 있습니다. 서른일곱의 이상적인 인격상이란 바로 일여의 세계를 인식하고 살 수 있는 사람들입니다.

전체[전全-보편普遍]와 부분[분分-특수特殊]이 하나로 조화를 이루며 활동하는 세계, 전일하고 일여한 세계를 만다라maṇḍala라고 합니다. 만다라는 '조화롭고 아름다운 생명의 세계' 이며, 우리가 살고 있는 세계는 본디 만다라의 세계입니다. 그 세계에는 뭇 존재들이 상호조화를 이루면서 활동하여 아름다운 모습을 연출하고 있는데, 이처럼 만다라적 활동을 실현하는 서른일곱의 인격상을 삼십칠존이라 합니다. 삼십칠존은 향하문向下門의 입장에서는 중생을 제도하는 서른일곱의 불보살일 수 있고, 향상문向上門의 경우에는 중생인 우리가 갖추어야 할 서른일곱의 이상적인 인격상이기도 합니다. 다시 말하면, 삼십칠존은 우리가 예참(예배, 참회)하고 또 실현해야 하는 대상이 됩니다. 서른일곱의 존귀한 인격상을 만나는 것은 결국 우리들을 보살피는 불보살과 함께 하는 것이요, 더 이상 삶의 길에서 미혹迷惑하지 않고 스스로 살아갈 목표[이상理想]를 분명히 세우는 것을 의미합니다.

과학계에 '시스템 이론system theory' 이라는 것이 있습니다. 아직 논의과정을 겪고 있습니다만, '전체(세계)가 하나' 라는 인식을 바탕으로 전개되는 이론으로서, 전체[세계]는 하나의 체계를 이루고 활동하고 있다는 이론입니다. 이 이론은 생명과학 분야에서 특히 강조하여, 전체성과 관계성이라는 두 개념을 아주 중요하게 여깁니다. 이 이론에 따르면, 전체는 단순히 부분의 합이 아니라, 합 이상의 큰 힘을 가지며, 전체를 이루는 부분들이 서

로 관계를 맺으면 제3의 더 크고 새로운 것이 창조될 수 있습니다. 이처럼 전체가 각 부분의 합보다 더 큰 효력을 발휘하는 것을 '시너지synergy 효과' 라고 합니다.

한동안 과학계에서는 세계를 독립된 부속들로 조합된 거대한 기계 장치 정도로만 여겼습니다. 지구가 하나의 생명체라는 과학적 확신을 가지기 시작한 것은 우주 탐사 이후부터였습니다. 생명과학이 발전하면서부터 사람들은 비로소 세계는 어떠한 부분도 독존하지 않고, 마치 거미줄처럼 조직되어 있는 생명체라는 사실을 깨닫게 된 것입니다. 더불어 과학계에서는 그제야 우주라는 생명체는 한순간도 정지하지 않고 창조적 활동을 하고 있으며, 생명체가 고정된 실체가 있는 것이 아닌 창조적 활동 그 자체임을 인식하기 시작했습니다.

지금 우리가 사는 지구상에 수많은 자연재해가 일어나고 있습니다. 자연재해는 예측이 불가능하고 그 피해도 크기에, 우리를 공포감에 몰아넣기에 충분합니다. 최근 10여 년 동안 지각변동으로 인한 지진에 의해 이웃 일본과 중국은 물론이고, 터키나 네팔 등지에서도 큰 참변을 겪었습니다. 특히 지진대에 위치한 이웃 일본열도는 언젠가는 지진으로 인해 사상초유의 큰 재난을 겪게 될 것이라는 예측 때문에 늘 전전긍긍하고 있습니다. 『일본침몰』, 『Don' t give up, Japan(용기를 가져라, 일본이여)』 등 각종 서적의 타이틀과 신문 헤드라인이 일본인들의 심리적 상황을 잘 나타내 주고 있습니다. 더러 지진으로 잃은 재산의 손실은 천문학적 숫자로 표현되지만, 귀한 생명을 잃은 손실을 숫자로 표현할 수 없습니다. 하지만 그보다 더 큰 손실이 있으니, 재난 후 많은 사람들이 삶에 대한 용기를 잃는 것입니다. 인생에서 가장 중요한 것은 삶에 대한 용기를 잃지 않는 것입니다. 이미 잃은 것을 생각하기보다는 다시 새로운 희망을 찾는 일이 우선입니다. 잃은 것이 있으면 얻는 것도 있습니다. 잃어버린 것에만 집착하지 말고 그 속에서 무엇을 얻을 것인가를 파고들어 연구하는 일이 더 필요합니다.

부처님은 『대방광보협경大方廣寶篋經』을 통해 이렇게 이르셨습니다.

> 두려워하지 말고[불외不畏], 싫어하지 말라[불염不厭].

생명의 속성인 불성佛性은 본디 두려워하지 않고[불외不畏], 싫어하지 않는[불염不厭] 마음입니다. 그러니, 생명을 위협하는 위난을 두려워하지 말고 위난에 빠진 중생 구제하기를 싫어하지 말라고 당부하신 말씀입니다. 고로 불외, 불염의 가르침을 믿고 고통 받는 사람들에게 용기를 북돋운다면, 삼십칠존 불보살은 어느새 우리 안에 모셔지어 인격상을 내 보일 것입니다. 회당대종사는 이렇게 일렀습니다.

믿음이 굳게 서면, 마음이 고요히 가라앉으니 맑은 물과 같다. 신심은 맑은 물과 같아서, 마음 가운데 악은 가라앉고 착하고 선한 뜻만 가득 찬다.

연기의 세계, 일여의 세계는 불외와 불염의 용기가 샘솟는 곳입니다. '나'와 '너'는 하나의 세계에서 이루어지는 구체적인 활동(삶)을 하는 존재 즉 한 몸의 지체肢體임을 깨닫고, 각기 주어진 임무(가치, 능력)를 최대로 발휘하여 진정한 행복과 평화의 만다라 세계를 만들어 갈 것을 서원합니다.

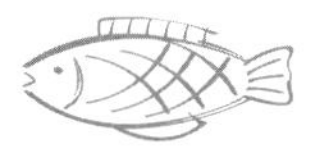

무엇이 목숨을 걸 일인가?

인생을 두고 흔히 '무상無常' 또는 '나그네 길' 이라고들 합니다. 어휘가 주는 느낌이 왠지 긍정적이지 않아 보입니다. 그러나 같은 어휘를 놓고 인생을 명암明暗 즉 긍정과 부정 두 갈래로 나누어 대처할 수 있습니다. 무상한 나그네 길을 어떻게 걸어가는가에 따라서 한 길은 밝은 길이 되고, 또 다른 길은 어두운 길이 되기 때문입니다.

"먹구름 사이로 잠깐 지나가는 한 줄기 햇빛이 '운명의 한 컷' 을 만든다."

전문 사진작가 민걸식님이 작업 중에 터득한 진리랍니다. 한평생 금융기관에서 근무하다가 명예퇴직 후, 오랫동안 품어왔던 꿈을 실현하기 위해 기나긴 도전 끝에 새로운 길을 개척한 분입니다. 쉽게 열리지 않던 두 번 째 길, 그 끝에 찾아온 새 삶을 통해 멀게만 보이던 꿈을 잡고 '새로운 기다림' 을 즐기면서 멋진 여생을 꾸려가고 있다고 했습니다.

목숨을 걸고 일한다는 표현이 있습니다. 사진작가의 삶은, 잠깐 지나가는 햇살이 연출하는 운명의 한 컷 그 아름다움을 포착하기 위하여 마치 목숨을 담보라도 하듯이 자신을 내려놓고 피사체에 집중합니다. '운명의 한 컷' 에 전력투구하는 삶은 사진작가에만 국한되지 않습니다. 인생은 지금 이 순간에 살아갑니다. 그런데 '지금 이 순간' 에 피동적으로 끌려가면 인생무상, 나그네처럼 서럽고 허무한 삶이 될 것이고, 능동적으로 이끌어 가면 인생무상을 통하여 진정 자신이 주인이 되는 새로운 삶을 맞이할 수 있습니다. 서럽게 느껴지는 인생무상은 지금 이 순간을 끝이라고 생각하기 때문입니다. 반면에 인생의 무상함을 인정하고 받아들이면, 집착하지 않는 새로운 삶을 영위할 수 있습니다. 자신의 삶 안에서 어느 순간이든 '운명의 한 컷' 을 만드는 기회를 잡을 수도 있으며, 항상 만족한 삶을 누릴 수 있게 됩니다. 그런 즉, 우리가 목숨을 걸어야 할 일은 지금 무언가를 하는 '행行

[doing]' 이지, 행하여 얻게 될 결과가 아닙니다. 어떻게 살았는가보다 무엇을 얻었는가에 목숨을 걸면, 삶이 항상 불만스럽게 됩니다.

지금 이 순간, 현재의 내 인생은 일회一回로 끝나지 않고 끝없이 지속합니다. 우리는 그것을 영원이라 합니다. 영원이라는 시간은 따로 없습니다. 순간의 지속이 영원입니다. 무상한 인생이란 한순간도 머무르지 않고 영원히 새로운 활동을 지속함을 말합니다. 우리 인생의 배경에는 알게 모르게 무한한 생명활동이 작용하고 있습니다. 따라서 지금 이 순간의 삶에 목숨을 걸듯 최선을 다하면, 늘 새로운 만족감을 얻을 수 있습니다. 지금 당장의 행이 아니라 행으로 얻어진 것에 목숨을 담보하는 사람도 있습니다. 인생무상의 법문에 무지無知하기 때문입니다.

가네꼬 다이에이[金子大榮]라는 일본 학승이 청년 시절에 깨달았다는 무상법문無常法門이 새삼 새롭고 감동적입니다. 어릴 때 체격도 작고 건강도 그리 좋지 않았던 가네꼬, 이 결핍은 20세 전후부터 자연스럽게 그를 사색적인 사람으로 이끌었습니다. 어느 날이었습니다. 평소와 다름없이 해변을 걷던 중이었습니다.

ⓒ김봉규

그 날 역시 물거품이 쉴 새 없이 바위에 부딪치면서 일어났다가 사라지고 있었습니다. 늘 보던 광경이었지만, 그 날만큼은 무언가 '쿵' 하고 가슴에 와 닿았습니다. 자신 또한 물거품과 같이 일어났다가 사라지는 하찮은 존재라는 느낌이었습니다. 그 순간, 그는 인생무상이라는 사무치는 허무감으로 더 이상 그 자리에 머물 수가 없었습니다. 집으로 돌아와서 방문을 걸어 잠그고는 3일 밤낮을 두문불출, 고민에 휩싸였습니다. 물거품과 같은 이 삶이 과연 무슨 의미가 있는가? 견딜 수 없는 허무감이 그의 마음을 마구 흩트려 놓았습니다. 3일째 되는 날이었습니다. 문득 마음속에서 형용할 수 없는 희열과 함께 샘물 같이 맑은 생각이 솟아올랐습니다. 그는 무릎을 치면서 방문을 열고 밖으로 나왔습니다.

타자의 입장에서는 물거품이란 분명히 일어났다 사라지는 허무한 것으로 보입니다. 그러나 바다의 입장에서 본다면, 물거품이란 끊임없이 움직이는 바닷물의 역동적인 활동이 아닌가요? 그렇듯이 '생사를 거듭하는 인생' 도 개체로서 보자면 언제인가 없어지는 허무한 존재일 수 있지만, 무한한 생명의 입장에서는 나고 죽음이 생명의 역동적인 활동상인 것입니다. '나' 라는 인생은 무한한 생명의 끊임없는 활동상이며, 결국 내가 해야 할 일은 최선을 다하여 나에게 주어진 생명가치를 실현하는 것입니다. 가네꼬가 깨달은 내용입니다. 인생의 보람이란 몇 년을 사는가에 있는 것이 아니라, 지금 최선을 다함으로써 얻게 되는 만족감에 있음을 터득한 것입니다. 지금 이 순간 최선을 다하여 얻는 만족감은 언제 죽어도 좋다는 넉넉한 자세를 수반하기도 합니다. 언제 죽어도 좋다는 만족감은 유한有限의 인생에서 무한無限의 세계를 느낄 때 솟아납니다. 그래서 사람들은 무한의 세계를 동경하여 그곳으로 돌아가기를 바랍니다. 무한의 세계에 대한 지극한 심경이 외경감정畏敬感情이며, 이 외경감정을 표현하는 행위가 두 손을 모아[합장] 기도하는 것입니다. 합장은 유한과 무한을 연결하는 가교架橋인 셈입니다.

지금 누군가가 삶의 허무를 느끼고 있다면, 무한의 세계에 대한 외경감정의 결핍 때문일 것입니다. 세계는 본디 유한과 무한이 하나의 표리表裏로서 활동하는 '일여의 세계'라 하였습니다. 유한의 모습에 집착하면 인생이 허무하게 보이지만, 무한의 입장에서 바라보면 일여의 세계가 장엄하게 수놓는 구체적인 생명

활동 그 자체[당체當體]입니다. 보는 눈을 달리 하면 인생은 허무한 것이 아니라, 무한한 일여의 세계가 역동적으로 활동하는 모습일 수 있습니다. 인생의 참 의미는 여기에 있습니다. 우리의 눈을 외관外觀에서 내감內感으로 전환하면, 인생무상은 허무의 의미가 아닌 영원한 생명세계[법신불法身佛]가 장엄하게 살아가는 활동상이 됩니다. 우리가 진정 목숨 걸어야 할 것은 이러한 인생을 사는 데 있습니다. 그래서 회당대종사는 인생을 일러 '내관內觀될 때 향상의 계기가 된다.' 고 하셨나 봅니다.

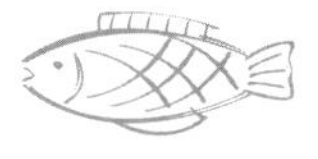

손의 신통력

'인생무상'의 긍정적인 의미는 인생을 창조적으로 살아갈 수 있는 길을 보여 주는 것입니다. 인생무상이란 인생이 멈춰 있지 않고 끊임없이 변하여 간다는 의미입니다. 변화란 허무가 아니라, 끊임없이 새로운 모습을 드러내는 것입니다. 허무하다고 느끼는 것은 자신을 독존적이고 고립적인 존재로 생각하기 때문입니다. 세상에서 독존적이고 고립적인 존재란 애당초 존재하지 않습니다. 허무하다고 느끼는 것은 사견邪見이고 번뇌입니다. 바른 생각[정견正見]으로 보면, 자신이 큰 생명[대생명大生命]의 구체적인 활동[활동상活動相]임을 실감할 수 있습니다. 자신을 남(다른 존재)과 분리하여 보는 탐 · 진 · 치의 마음으로는 우주 대생명의 활동을 실감할 수 없습니다. 그리하여 삶을 허무하게 여기게 되며, 그러한 마음을 보상하기 위해 자포자기에 빠지거나, 이기적 집착심을 일으켜 남과 대립하기도 합니다.

우주 대생명의 세계, 즉 일여세계를 깨닫는 정견으로 보면, 나는 우주 대생명의 다양한 활동상의 한 존재이며, 나아가 나를 통하여 우주 대생명이 구체적인 활동상을 나타내고 있음을 실감할 수 있습니다. 끊임없이 변화하는 내 모습이 우주 대생명의 쉬지 않는 활동 그 자체입니다. 나의 다양한 변화상이 없다면, 법계 대생명의 활동도 있을 수 없습니다. '나' 라는 존재는 이렇게 소중합니다. 나의 활동이 곧 우주 대생명의 활동인 만큼 그 가치가 지대합니다. 삶을 허무한 것으로 생각하여 스스로 아무렇게나 취급하는 것은 죄업입니다. 더불어 자신이 일여의 세계에서 하나의 특수성을 가진 존재임을 잊고, 고립적이고 이기적 활동을 하게 되면 바로 괴로움을 당하게 됩니다. 번뇌와 사견에 덮여 있는 사람은 자기의 존재와 삶을 허무하게 보거나 독존적 존재로 생각합니다. 그 결과는 자명합니다. 고苦를 받고 악업惡業을 지으면서 살게 됩니다.

밝은 마음과 정견을 가진 사람은 자신이 우주 대생명의 특수한 활동상으로서 나투어진 존재로 생각하여, 바른 이익과 안락함을 얻으면서 삶을 영위할 수 있습니다. 선업善業을 지으면서 살아간다는 말입니다. 선업을 짓는 길에는 세 가지 범주가 있습니다. 몸으로 짓고, 입으로 짓고, 마음으로 짓습니다. 몸과 입과 뜻의 창조적 활동은 번뇌와 사견에 가려져 있는 사람의 눈에는 이해되지 않는 모습, 즉 비밀하게 느껴집니다. 그래서 이름 하여 삼비밀三秘密, 줄여서 '삼밀三密' 이라 합니다.

실감하지 못하고 있을 뿐, 우리는 항상 세 가지의 비밀한 활동을 하고 있습니다. 먼저 우리의 몸, 그 중에서 손[수手]을 살펴봅시다. 손은 사람의 활동을 대표하며, 사람이 동물과 다른 존재임을 보여주기도 합니다. 사람은 하늘과 땅의 사이에 존재합니다. 발[족足]은 땅을 딛고 있습니다. 땅은 현상의 유한세계입니다. 머리는 하늘로 향하고 있습니다. 하늘은 이상理想의 무한 세계입니다. 손은 유한의 인간이 무한을 향하는 다리[가교架橋] 역할을 합니다. 이런 관점에서 발이 동물의 상징이라면, 손은 사람의 상징입니다. 사람도 일반 동물과 같이 땅이라는 현실적 제약 속에서 살아갑니다. 다른 동물과 다른 점은 사람은 그 제약을 넘어

무한의 이상을 향하여 가려는 뜻을 품고 있다는 것입니다. 이처럼 유한에서 무한으로 향하려는 상징적 행위를 우리는 손으로 나타냅니다. 무한의 세계가 보편적 세계라면, 유한의 세계는 특수한 세계입니다. 보편적인 세계가 전일의 세계[전全]라면, 특수의 세계는 부분[분分]의 세계라 할 수 있습니다. 일여의 세계는 전체와 부분이 연결된 세계입니다. 따라서 우리가 손으로써 유한에서 무한으로 나아가려는 상징적 행위를 하는 것은 바로 전全과 분分의 이치입니다.

예를 들어 봅시다. 우리의 몸 전체가 보편의 존재인 전이라면, 손은 특수한 존재 분입니다. 전체인 몸의 활동은 부분인 손의 활동에 의해서 이루어집니다. 손의 활동이 몸 전체의 모든 활동 중 하나의 특수한 활동이 되는 것입니다. 나 또한 우주, 즉 일여의 활동 중 특수한 활동상입니다. 손짓과 발짓 등 모든 활동이 나의 개인적인 활동이면서 우주의 활동이기도 한 것입니다. 이 진리를 터득한다면, 우리 개개인이 얼마나 소중한 존재인가를 깨달을 수 있습니다.

'신통하다' 또는 '신비하다'는 말이 있습니다. 영묘하고도 불가사의한 현상을 일러 하는 말입니다. 사람이 물 위를 걸었다든가, 비와 바람을 불렀다든가 하는 신통한 이야기도 많습니다. 그러나 꾸며낸 이야기일 뿐, 만다라세계의 질서를 초월하는 그런 일은 있을 수 없습니다. 다만, 높은 곳에서 떨어진 아기가 무사했다는 등의 실제 이야기를 들어 신통하다고 하는 말을 맞습니다. 만다라 세계를 움직이는 현상 중 물리적 변형에 의해 운 좋게 무사했으니, 보편적 현상에 비해 신통한 것은 사실이기 때문입니다. 신통과 신비는 멀리 있는 게 아닙니다. 『대일경大日經』에 '신통유희神通遊戱'라는 말이 자주 나옵니다. 그런데 그 신통함과 신비함이란 어디 다른 곳에 있는 것이 아닙니다. 우리의 생명활동, 더 구체적으로 우리들의 손놀림 그 자체로 신통하고 신비합니다. 우리가 깨닫거나 실감하지 못하고 있으며, 나아가 우리 스스로 손의 놀림을 대수롭지 않게 여기고 있을 뿐입니다. 우주를 움직이는 생명력이 대비로자나부처님이라면, 비로자나부처님의 활동은 그대로 나에게 적용되고 있습니다. 이러한 느낌을 가졌을 때 우리의 손동작은 그대로 신통한 존재이며, 이를 인계印契[mudrā]라 부릅니다. 따라서 인계를 결함이란 곧 나의 손을 통하여 신통하고 신비한 활동 즉 부처님의 활동을 실행함이요, 삶의 의미와 생기를 실감하는 일이 됩니다.

손을 들어 손바닥을 들여다보십시오. 단순한 몸의 일부가 아닙니다. 그 속에는 우주의 생명기운이 가득 뻗쳐 있습니다. 우리에게 손이 있음에 감사하고 손의 활동이 주는 기쁨을 통해 인생의 열락을 느껴보시기 바랍니다.

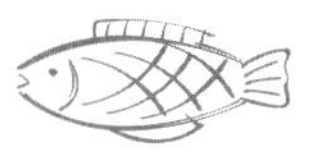

빈손은 활명活命의 손

1993년 12월, 생전 처음으로 '불소행찬佛所行讚[Buddhacarita]' 공연의 관람 기회를 얻었습니다. 불소행찬은 마명馬鳴보살[Aśvaghoṣa]이 부처님의 생애에 대한 감동을 읊은 서사시敍事詩로서, 가히 불전문학의 백미白眉라 할 만 합니다. 이 기회는 인도 동남쪽에 위치한 안드라 쁘라데쉬[Andhra Pradesh]주州 꾼투르시Kuntur city 외곽에 자리한 나가르쥬나 대학교[Acharya Nagarjuna University]가 개최한 국제불교학술대회 참석을 계기로 아주 우연하게 다가왔습니다. 대학 측에서 다양한 문화체험 프로그램을 준비하였는데, 밀교에서 남천축철탑南天竺鐵塔으로 추정하고 있는 아마르바티Amarvati 대탑 유적지를 비롯한 불교유적지 답사와 더불어 인도 전통문학 소개의 일환으로 마련한 공연이었습니다. 인도의 전통연극과 무용도 좋았지만 아무래도 '불소행찬' 공연이 나에게는 가장 감동적으로 다가왔습니다. 부처님의 생애를 다룬 내용이 주는 감동과 함께 학생들의 연기가 참으로 대단했는데, 독특한 몸의 장식과 의상, 몸동작 그 중에서도 손동작은 다기多技하다고 할 수 밖에 없었습니다. 그 때 느낀 감동이 아직도 내 마음 속에 살아 있을 정도로 말입니다.

손동작에 의미를 부여하는 것은 인도의 전통적인 문화입니다만, 손동작에서 어떤 의미를 찾는 것은 인류의 보편적인 관습이라고도 할 수 있습니다. 인류문명의 역사는 손놀림의 역사라 해도 과언이 아닙니다. 손을 통하지 않고 이루어지는 것은 거의 없습니다. 사람의 손놀림은 그대로 신통유희합니다. 인류문명의 발달은 손놀림의 정밀도精密度와 비례합니다. 예술가의 손은 예술작품을 창조합니다. 음악가의 손은 노래를 작곡하고 연주합니다. 과학자의 손은 과학 기술을 창조해 냅니다. 장인匠人의 손은 온갖 제품을 만들어 냅니다. 이러한 손놀림은 우리를 무한히 즐겁고 편리하게 합니다. 그 뿐 아닙니다. 일상생활에서 손동작은 언어이기도 하고, 희로애락의 감정표현이기도 합니다. 손동작

은 가히 인간생활을 지배합니다. 우리나라가 급속도로 산업화될 수 있었던 이유, 특히 정밀한 작업을 요구하는 외과 의술과 전자 정보 기술에서 두각을 나타낼 수 있었던 배경을 뛰어난 손동작에서 기인한 것으로 보는 학자들도 있습니다. 한국인은 대체로 손이 품고 있는 정밀성이 뛰어난 민족이란 뜻이겠네요. 어디 우리 민족뿐이겠습니까. 사람의 손에는 누구에게나 '정밀성精密性'이 내재해 있습니다.

손동작, 손놀림에는 정밀성만 있는 것이 아닙니다. 사람의 심리작용, 나아가 정신생활과도 깊숙이 연관되어 있습니다. 무용수의 손동작은 춤이 되어 사람의 심리를 움직임으로써 자신과 타인에게 기쁨을 줍니다. 사랑하는 사람의 손을 마주잡으면 따뜻한 감정이 전달되기도 합니다. 연인 사이에서 손과 손이 맞닿으면 짜릿한 전율을 느끼게 되며, 미운 사람의 손길이 닿으면 증오심이 증폭되기도 합니다. 어머니의 따스한 손길은 우는 아이를 달래는 명약이 되고, 사랑이 넘치는 할머니의 손은 배앓이를 하는 손자에게 약손이 되기도 합니다. 손길(행동)은 곧 우주 법계의 생명을 베풀어 주는 가교가 되고, 부처님이 중생을 어루만지는 자비의 통로가 됩니다. 따뜻하고 사랑이 충만한 손길이 살아 있는 가정과 사회에는 늘 평화와 안락이 함께 합니다. 안락과 기쁨을 주는 손길은 손이 가진 '존엄성尊嚴性' 입니다.

사람의 손길(솜씨)을 특별히 일러 인계印契라 합니다. 우주의 생명성, 부처님의 활동을 구체적으로 보여주고 있기 때문입니다. 인계를 결하는 행동은 우리와 부처님 사이에 통로를 개통하는 것과 같습니다. 그리함으로써 우리는 삶에 대한 의욕을 가지게 되며, 환희가 넘치는 생활을 할 수 있게 됩니다. 반면, 우리의 손길(행동)이 인계임을 깨닫지 못하는 사람은 반대의 삶을 살게 됩니다. 인계의 가치를 아는 사람과 모르는 사람이 살아가는 모습은 완전히 다를 수밖에 없습니다. 손놀림과 활동의 신통함을 아는 사람은 언제 어디서 무엇을 하더라도 환희를 느낄 수 있습니다. 스스로 행동거지에 진중해짐으로써 자신은 물론 타인에게도 기쁨을 주게 됩니다.

이런 이야기가 있습니다. 한 강연자가 대중 앞에서 손동작, 즉 인계의 중요성에 대해 강의하고 있었습니다. 청중 한 사람이 그의 강의를 부정하며 냉소적인 표정을 짓고서는 밖을 향해 나가려 하자, 강연자가 크게 손뼉을 쳤습니다. 나가려던 사람이 그 소리를 듣고 돌아서서 왜 손뼉을 치느냐고 물었습니다. 강연자가 대답했습니다. "그냥 쳤을 뿐입니다." 강의를 부정하며 돌아가던 사람이 손뼉소리(손동작)에 반응하고 말았으니, 스스로 그것을 인정하게 된 셈입니다. 정호승 시인은 '빈손의 의미'라는 시를 통하여 생명을 구하는 손의 존엄성을 그리고 있습니다.

호미곶의 손의 의미
빈손의 의미
내가 누구의 손을 잡기 위해서는
내 손이 빈손이어야 한다.
…
소유의 손은 반드시 상처를 입으나
텅 빈손은 다른 사람의 생명을 구한다.
…

이쯤에서, 첨단 과학기술의 시대를 살아가는 우리는 자신의 손이 '활명수活命手'인지 아니면 '살명수殺命手'인지에 대해 한번

쯤 화두를 던져볼 만합니다. 손놀림으로 생명창조 영역까지 넘보는 기술사회에서 이 화두는 시기적으로 매우 절실하게 느껴집니다. 회당대종사는, 인상印相은 내 손으로 부처님을 만드는 것이라고 하셨습니다. 인상, 즉 인계는 손으로 부처님을 표현하는 것으로서 곧 부처님의 마음과 활동상을 의미합니다. 관자재보살의 천수千手가 어디 따로 있는 게 아닙니다. 우리의 손이 바로 천수입니다. 비록 세상이 고해라 하더라도, 우리의 손이 천수의 인상으로 활동하면 오히려 낙토가 됩니다. 그러니 우리 모두 함께 손을 들어 열 손가락이 만물에 생명수生命水를 뿌리는 약손이 되기를 서원하는 것은 어떨까요.

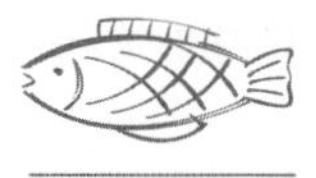

말의 신통력

사람이 사람다운 것 중 하나가 말을 한다는 것입니다. 많은 다른 동물들도 의사소통을 위해 몸짓이나 소리로 표현한다고는 하지만, 본능적 소통수단이 아닌 생각을 담은 대화는 사람만이 합니다. 말은 생각에서 나옵니다. 생각은 내면의 말입니다. 생각을 구체화한 것이 말입니다. 사람은 내면의 말을 특정한 언어의 형식을 빌어서 밖으로 표현합니다. 이렇게 표현된 말은 다시 생각의 틀이 됩니다. 따라서 생각과 말은 상호 원인과 결과의 관계를 가지게 됩니다. 생각을 해야 말이 형성되고, 말이 있어야 생각을 잘 할 수 있습니다. 말은 사람의 생각과 행동에 영향을 미치게 되며, 때로 세상을 움직이는 큰 위력을 가지기도 합니다.

사람이 말을 하는 것 자체가 신통한 일입니다. 말이 있어서 너와 내가 소통할 수 있고, 자연과 진리의 세계를 이해할 수 있습니다. 말은 우주 생명의 표현이고, 부처님과 통하는 통로입니다. 말을 통하여 우주 생명의 비밀한 환락歡樂의 경지를 표현할 수 있고, 사람들 사이에서도 말이라는 이해의 다리를 통해 소통이 가능해집니다. 그러니 인간관계에서 대화가 신통한 마법魔法이 아니고 무엇이겠습니까? 대화가 통하는 곳에는 항상 기쁨이 있고, 대화가 막힌 곳에는 숨 막히는 답답함이 있습니다. 대화가 되지 않는 말은 말이 아닙니다. 대화가 되지 않는 말을 하는 사람은 사람이라고 할 수 없습니다. 이에 대해 『입능가경入楞伽經』은 다음과 같이 경책합니다.

네 가지 망상妄想의 말이 있으니, 첫째가 상언설相言說, 둘째는 몽언설夢言說, 셋째는 망집언설妄執言說이며, 넷째는 무시언설無始言說이다(대16,530하).

사람들이 겉모습만을 보고 하는 말은 상언설입니다. 몽언설은 헛된 경계를 진실로 생각하고 하는 말을 가리킵니다. 사람들이 듣고 행한 것에 잡착하여 하는 말은 망집언설이라 합니다. 무시언설은 오래오래 거짓[희론戱論]에 집착하고 번뇌의 씨앗에 물들어서 하는 말을 일컫습니다. 이 네 가지 언설은 세상에 혼란과 고난을 가져옵니다. 그래서 『석마하연론釋摩訶衍論』은 앞의 네 가지 언설을 두고, '말은 하지만 진실한 뜻이 없는[문어비의文語非義] 말'이라 하면서, '드러난 말을 넘어 뜻을 가진[의어비문義語非文] 말'의 중요성을 설하고 있습니다(대32,606). 이러한 말은 진실한 뜻[여실지의如實之義]을 전할 수 있다고 하여 '여의언설如義言說'이라 합니다. 여의언설은 진실을 담고 진실의 경지에 들게 하는 말로서 세상을 평온하고 안락하게 만듭니다.

그렇습니다. 말이 말다우려면 그 속에 진실성이 있어야 합니다. 대화를 하면 서로 이해할 수 있다고 합니다. 그 대화 속에 진실과 믿음이 있기 때문입니다. 말을 주고받아도 서로 이해하지 못하는 이유는 그 말에 진실과 신뢰가 없기 때문입니다. 신뢰와 진실이 있는 말은 사람을 안락하게 합니다. 슬플 때, 기쁠 때, 사랑할 때, 미워할 때, 우리는 어떻게 합니까? 소리 내어 부르짖든, 침묵으로 말을 하든, 말을 해야 서로 편안해집니다. 노래를

부르는 경우도 있습니다. 욕을 하는 경우도 있습니다. 때로는 한탄의 사설을 털어내기도 합니다. 길게 설명하기도 합니다. 상대가 있든 독백이든 대화(말)로서 그 마음을 표현합니다.

어떤 말을 하든, 그 말에 진실성이 있어야만 상대가 신뢰하고 이해합니다. 사람과 사람 사이에서만이 아닙니다. 사람과 자연까지 연결해 줍니다. 서로를 기쁘게 하고 격려하는 대화는 삶의 활기를 줌으로써 주위를 긍정적으로 만듭니다. 대화는 재미있는 삶의 이야기, 사랑의 언어, 지식과 사상의 틀이 되기도 합니다. 길을 인도하는 길잡이가 되어 모두가 하나가 되도록 연결해 줍니다. 이러한 대화는 우리의 생활을 풍요롭게 하고 살지게 하는 것이니, 많으면 많을수록 좋습니다. 그러나 말이 우주생명의 표현임을 자각하지 못하는 사람의 말은 말이 아닙니다. 즉, 말에 진실성이 없으면 그 반대의 결과를 가져 옵니다.

말은 진실을 생명으로 합니다. 진실은 '있는 그대로의 사실[자연법이自然法爾]' 입니다. 진실한 말은 있는 그대로의 사실, 우주 생명의 진리를 표현합니다. 그리하여 시인에게는 시詩가 되고, 음악가에게는 노래가 될 것이며, 사상가에게는 철학이 됩니다. 있는 그대로란 곧 '우주 생명의 자연법이의 사실'을 깨닫는 그 순간의 느낌을 함축한 표현입니다. 진실한 말의 시원始原은 '있는 그대로의 사실'을 깨닫는 그 순간의 느낌[감感]에 있습니다. 이에 준하여, 우주생명의 진실을 찾아 나선 많은 수행자들의 '깨달음의 즉시적인 표현'을 진언眞言이라 합니다. 진언은 가장 진실한 말입니다. 시를 읽고 시인이 느낀 아름다움을 추체험追體驗하듯이, 음악을 감상하며 작곡가가 체험한 감정을 대뇌듯이, 진언을 통하여 우리는 진언에 실려 있는 깨달음의 경지를 체험할 수 있게 됩니다. 진언은 우주의 소리, 진실의 언어[진언眞言, mantra]입니다. 우리의 어리석음을 걷어내는 힘을 가지고[명주明呪, vidyā] 있습니다. 진언 속에는 부처님의 말씀을 비롯하여 무한한 의미를 함장하고 있는 총지장摠持藏[多羅尼, dhāraṇī]이 그대로 녹아 있습니다. 『대일경소大日經疏』에서는 다섯 가지 진언을 이렇게 설하고 있습니다.

진언을 나누면, 요약해서 다섯 가지가 있다. 여래설如來說, 보살금강설菩薩金剛說, 이승설二乘說, 제천설諸天說, 지거천설地居天說이다. 앞의 세 종류는 성자聖者진언이고, 네 번째는 천중天衆진언이며, 다섯 번째는 지거자地居者(땅속 또는 땅위에 사는 생명)진언이다.

여래가 설한 진언이든 지거천이 설한 진언이든, 진언이 여의언설如意言說이라는 점에서는 같지만, 여의언설이 품고 있는 뜻의 상대 비교적 입장에서는 천심淺深에서 차이가 있을 수 있습니다. 다 같은 진실한 말이라도 말하는 사람의 차이에 따라 경중이 있는 것과 같습니다. 그러나 어쩌면 여래나 지거천 등이 따로 있는 것이 아니라, 그가 하는 말의 천심에 따라 여래가 되고 지거천이 될 수 있지 않을까요? 말이란 말하는 사람에 따라서 황금이 될 수도 있고 흉기도 될 수 있습니다. 성지聖智를 내증內證한 사람의 말은 다른 사람을 성지의 경계에 들게 합니다. 그래서 세상의 하고 많은 말들이 다 여의언설이 되어 중생의 심성에 맑은 향기와 밝은 성지聖智로 피어나는 정토를 서원합니다.

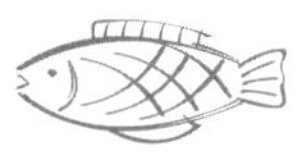

인생을 내관內觀하면

마음(심인)이 밝은 사람에게는, 우리의 일상적인 몸(손)과 말의 행위 자체가 신통하고 소중합니다. 심인이 밝은 사람은 겉모습만 보지[외관外觀] 않고 그 속 모습까지 봅니다[내관內觀]. 속 모습을 본다함은 육안肉眼이 아닌 마음으로 느끼는 내감內感입니다. 느낌은 체험과도 통합니다. 자신과 자신의 삶, 우리가 사는 세계와 타인에 대하여 드러낸 겉모습이 아니라, 숨어 있는 내면의 모습을 통하여 들여다보고[內觀], 그 참모습[실상實相]을 느끼는 것[내감內感]이 중요한 이유가 여기에 있습니다. 『반야이취경般若理趣經』에서는 이렇게 설하고 있습니다.

연꽃의 본성이 어떠한 더러움에도 물들지 않듯이[如蓮體本染 不爲垢所染] 중생의 본성도 이와 같이 물듦이 없이 뭇 중생을 이익하게 한다[諸欲性亦然 不染利群生].

여기서 '연꽃의 본성'이란 무엇입니까. 바로 내관으로 바라본 생명의 세계입니다. 그 생명세계는 무한無限한 세계입니다. 무한의 세계는 스스로 끊임없이 생명활동을 전개하고 있으며, 그 생명 활동의 구체적인 모습이 우리가 경험하고 있는 현상세계이며 유한有限의 세계입니다. 각양각색의 연꽃이 그 본성을 세상에 드러낸 모습이듯이, 유한세계의 모든 것들은 무한세계의 생명기운을 이어받아서 존재활동을 하고 있습니다. 유한세계는 무한세계의 구체적인 활동 모습입니다. 무한의 입장에서 보면, 유한한 것이 무한에 포함되어 있습니다. 유한의 입장에서 보면, 무한은 유한을 통하여 표현됩니다. 그러나 무한과 유한과의 이러한 관계는 나와 세계를 내관할 수 있는 사람만이 느낄 수 있습니다. 유한한 나의 존재가 무한의 생명기운을 이어받고 있다는 사실을 실감하는 사람에게는 삶의 의미가 충만할 것이고, 그렇지 못하는 사람은 진정한 삶을 맛보지 못할 것입니다. 인생[생生]의 의미는 무한과 유한의 관계를 자각하는데서 찾을 수 있습니다. 『이취경』은 이렇게 밝히고 있습니다.

지혜가 수승한 보살은 나고 죽음이 다할 때까지[(菩薩勝慧者 乃至盡生死) 항시 중생들의 이익을 위하여 일하며, 결코 열반에 들지 않는다[恒作衆生利 而不趣涅槃].

'지혜가 수승한 보살' 은 유한과 무한의 관계를 자각하고 세상을 살아가는 인물입니다. 그래서 중생은 보살로서 다시 태어나야 합니다. 인생은 두 번 태어난다고 합니다. 부모로부터 몸을 받아나는 것이 제일의 탄생이라면, 무한생명의 세계를 자각하는 것은 두 번째 탄생이라 할 수 있습니다. 첫 번째 생이 부모님의 아픔에 의하여 탄생되는 것이라면, 두 번째 생은 자신의 고뇌에 의하여 탄생되는 것입니다. 그 고뇌란 무한 생명의 자각 과정이며, 현실적으로는 인생[生]의 의미에 대한 고뇌입니다. 왜 사는가, 인생의 의미는 무엇인가에 대한 절실한 의문을 가지는 사람만 제2의 탄생을 맞이할 수 있습니다. 반면, 그에 대해 절실한 의문을 가지지 못하는 사람은 인생의 참의미를 찾지 못한 채로 살아가다가, 죽음에 이르러서야 자신의 생애를 되돌아봅니다. 늦은 것입니다. 여기에 삶의 묘미가 있습니다.

사람은 죽을 수밖에 없는 존재입니다. 죽음 없는 생이란 존재하지 않습니다. 죽음을 생각하면 인생이 허무하게 느껴지기도 합니다. 그러나 인생[生]의 의미는 죽음[사死]이 있기 때문에 존재합니다. 아니, 죽음의 의미에 따라서 삶의 의미가 결정되기도 합니다. 죽음을 공무空無라고 생각하는 사람은 인생을 일회적으로 살다가 가는 것, 태어났기 때문에 그냥 살다가 가는 것으로 생각합니다. 그러나 죽음은 결코 공무가 아닙니다. 죽음이 있기 때문에 생의 의미를 더욱 절실히 느낄 수 있는 겁니다. 내관의 입장에서 보면, 생과 사는 무한 생명의 활동과정에 지나지 않습니다. 생生이 무한세계(생명)가 유한으로 나타나는 것이라면, 사死는 유한의 생명존재가 무한세계로 돌아가는 것입니다. 즉, 한 사람의 생애란 유한한 이 세상에 무한생명의 세계를 최대한 실현하는 과정입니다.

한 생애의 가치는 몇 년을 사는가에 달려 있는 것이 아니라, 주어진 생명을 얼마나 가치 있게 실현하는가에 달려 있습니다.

가치 있는 삶, 그것은 자신에게 주어진 특수 사명[分]입니다. 유한한 생애에서 무한의 생명을 얼마만큼 실현시키는가가 삶의 의미이고, 생生의 당위성이라 할 수 있습니다. 만족한 생활을 하는 사람은 지금 죽어도 좋다는 자신감을 가집니다. 그러나 생을 헛되게 살았다고 생각하는 사람은 좀더, 아니 딱 한 번만이라도 더 기회가 주어진다면 더 멋진 삶을 살 수 있을 것이라고 생각합니다. 다시 사는 삶을 바라지 마십시오. 삶의 의미는 지금 여기서 나의 삶을 최대한 가치 있게 사는 것, 최선을 다해 살아가는 것입니다. 'Today is the best day for yourself-오늘이 너 자신에 있어서 최고의 날이다.' 라는 말이 있습니다. 달라이 라마와 더불어 전 세계 사람들에게 평화의 메시지를 전하고 있는 틱낫한 스님은 이렇게 말합니다.

지금 살아 숨 쉬고 있는 이 순간이 가장 경이로운 순간이다.

회당대종사는 이렇게 결론짓습니다.

비로자나부처님(무한의 우주 대생명)은 가까이 곧 내 마음에 있는 것을 먼저 알라.

모두가 살아 숨 쉬고 있는 지금 이 순간, 무한생명의 샘물이 유한의 나에게 넘쳐흐르고 있음을 알라는 말씀입니다. 인생의 의미는 지금 이 순간, 무한의 생명을 충실히 살려 가는데 있습니다. 자신[아我]과 자신이 소유한 것[아소我所]이 무엇이든, 그 속에서 가치와 의미를 찾는 것이 인생의 참뜻입니다. 매순간 생生의 환희와 기쁨을 누리면서 살아가는 인간상인 금상살타金剛薩埵[vajrasattva]가 그립다고요? 그가 바로 당신이라는 사실을 왜 모르십니까. 삶에 의욕이 없다고요? 금강살타를 내관하여 보십시오. 바로 생기를 되찾아 삶의 현장으로 달려 나갈 수 있는 묘약이 될 것입니다.

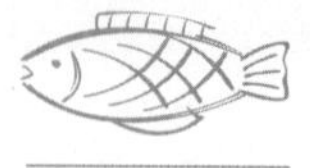

코끼리를 아는가?

삼라만상이 보여주는 천차만별의 차별상이 세상을 아름답게 합니다. 세계의 장엄한 모습을 '천삼라天森羅 지만상地萬象'이라 하였습니다. 밤하늘에 빛나는 무수한 별들이 수놓은 삼라森羅의 광경은 심비深秘성을 넘어 경건함까지 갖게 합니다. 지상에 생장하는 무수한 군생들이 빚어내는 만상萬象의 풍경은 장엄함에 더하여 생동감을 느끼게 합니다. 그 속에서 생명을 부지하며 살아가고 있음이 축복이고 기쁨일 수밖에 없습니다. 지금 이 순간에 고뇌에 묻혀 사는 사람이 오히려 불가사의합니다.

어느 날, 부처님이 비구에게 이렇게 말씀하셨습니다.

옛날에 경면鏡面이라는 왕이 눈먼 이들을 한 곳에 모아놓고 "코끼리를 아느냐?"고 물었다. 그들이 모른다고 대답하자, 왕이 다시 "코끼리를 알고 싶으냐?" 하고 물었다. 그렇다고 하니 왕이 코끼리를 손으로 만져 보게 하였다. 눈먼 이들은 각자 코를 만지고, 상아를 만지고, 귀와 머리, 등과 배, 다리와 꼬리 등을 만졌다. 그런 다음 왕이 "코끼리가 어떤 모습이냐?"고 물었다. 그러자 코를 만진 사람은 질매, 상아를 만진 사람은 젓가락, 귀를 만진 사람은 바둑판, 머리를 만진 사람은 솥단지, 등을 만진 사람은 구릉, 배를 만진 사람은 벽, 다리를 만진 사람은 기둥, 발자국을 만진 사람은 절구, 꼬리를 만진 사람은 밧줄 같다며 제각각 우기기 시작하여 몹시 혼란스러웠다. 이 모습을 본 경면왕이 크게 웃으며 게송을 설하였다. "장님의 무리들이 모여 쟁론을 벌리는데, 코끼리의 몸은 본래 하나임에도 서로 다르다고 우기는구나."(장아함제19 龍鳥品).

코끼리의 전체 모습을 보지 못하는 군맹群盲이 각자 자신이 경험한 부분에 집착하여 서로 우기는 장면이 무척 흥미롭지 않습니까? '군맹무상群盲撫象' 또는 '중맹모상衆盲摸象'으로 잘 알려진 이 이야기는 멀리 있는 것이 아니라 지금 우리 사회의 곳곳에서 벌어지고 있는 현상입니다. 군맹이 특별한 사람의 무리가 아니라, 자기에 집착하고 있는 바로 우리라는 사실을 경각시키는 이야기인 것입니다.

사회생활에서 개인의 경험과 의견은 매우 중요합니다. 전체의 이익과 발전에 도움이 되기 때문입니다. 그러나 개인의 경험과 의견에 너무 집착하면 오히려 전체에 해를 끼칠 수도 있습니다. 반면, 전체의 이익과 발전이 개인에게 도움이 되지만, 전체에게만 집착하면 개인의 이익과 발전에 큰 장애가 됩니다. 개인주의와 전체주의의 경계는 곧 어디에 집착하느냐에 따라 달라집니다. 전체와 개체는 상극相剋의 관계가 아니라 상보相補의 관계라는 것 정도는 누구나 알고 있습니다. 그러나 막상 실제 상황에 처하면 상보보다는 상극의 관계가 먼저 일어납니다. 그 까닭은 '일여의 세계' 즉 '하나의 세상'에 대한 자각이 없거나 단지 그것을 관념적으로 생각하고 있기 때문입니다.

요즈음 새삼스럽게 '복지'란 말이 큰 인기(?)를 누리고 있습니다. 그 중에서 '보편복지universal welfare'란 용어가 온통 세상을 떠들썩하게 하고 있습니다. 보편복지는 말 그대로 사람만을 위

한 복지가 아닙니다. 생명을 가진 세상의 모든 존재가 보편적으로 누리는 복지가 보편적 복지입니다. 사람에 국한하여 이를 논하게 되면, 인간 중심의 편협한 의미의 복지가 되어 버립니다. 애당초 생명이 있는 모든 존재는 스스로 복지를 누릴 권리와 의무를 가지고 있습니다.

복지정책이란 자신이 가진 복지혜택의 권리를 스스로 누리지 못할 때, 정부가 마련해주는 방안입니다. 따라서 복지란 국가가 물질적인 무엇을 무상無償으로 베푸는 시혜가 아닙니다. 국민 스스로 그것을 누리도록 능력을 갖추게 하는 것이 국가의 당위적인 의무이기 때문입니다. 그러나 국가가 국민으로 하여금 복지를 누리게 하는 의무를 가지듯이, 국민들도 스스로 복지를 누려야 할 의무와 책임감을 가져야 합니다. 복지정책은 국가와 국민이 상호 책임져야 하는 것으로서, 복지국가를 이루기 위해서는 국민 모두가 국가의 복지능력 축적을 위한 응분의 기여를 해야 합니다. 또 정부는 복지를 위한 축적분을 효율적으로 분배하는 정책을 마련하고 수행해야 합니다. 국가와 국민은 일여의 관계에 있기 때문입니다.

그런데 복지를 국가가 국민에게 주는 무상의 시혜로 여기게 되면, 국민은 국가로부터 더 많은 시혜를 받으려고만 합니다. 또 국민들의 인기로 먹고사는 정치인들은 누가 더 많은 무상의 시혜를 주는가를 두고 경쟁하게 됩니다. 국가와 국민보다 무상시혜의 범위가 관심의 중심이 되어 버립니다. 생명의 세계는 서로 주고받는 활동을 합니다. 줄 수 없는 경우에는 받음으로써 주는 힘을 기르기도 합니다. 거만한 마음으로 주거나, 눈치를 보며 받는 그런 활동이 아닙니다. 주는 행위와 받는 행위 모두가 자연스러운 생명활동이 됩니다. 받아서 감사한 마음을 가지고, 되돌려 주려는 마음이 있다면 받는 것이 부끄러움이 아니라 떳떳할 수 있습니다. 그것은 생명순환의 과정이기 때문입니다. 줄 능력을 가지고서도 받으려는 마음을 가지는 것이 부끄러운 일입니다. 참다운 복지란 주고받음에 감사하고, 주려는 마음, 갚으려는 마음이 풍성한 것이며, 인간에 국한되지 않고 뭇 생명에게 미치도록 하는 것이며, 그것이 보편복지의 본질입니다. 그러나 군맹이 쟁론을 벌일수록 코끼리의 모습이 더욱 모호해지듯이, 본질을 잊고 자기 경험적 주장에만 매달리게 되면, 국가는 국가대로 국민은 국민대로 힘들어지며 복지실현도 요원해지고 맙니다. 어디 복지만 그렇겠습니까? 회당대종사는 일찍이 이렇게 경책하신 바 있습니다.

자기가 경험한 적은 것을 전부라고 믿어서는 안 된다. 끝까지 시공을 두고 입체적으로 보아야 한다.

자기만의 생각과 경험은 2차원적일 수 있기에 전체를 쉽게 조망하기 어렵습니다. 반면에 여러 사람들의 생각과 경험들을 모으면, 입체적인 전체의 모습을 볼 수 있다는 말씀입니다. 그런즉, 자칫 의뢰심을 부추길 수 있는 무상시혜 복지보다 상호 자주적으로 책임을 지는 당위적인 의무의 복지가 정쟁政爭을 줄이고 세상을 시끄럽게 하지 않는 길이 될 것입니다. 이에 연관된 회당대종사의 말씀입니다.

세상 사람들이 현실로 부조할 줄은 알되, 진리로 도울 줄은 모른다. 진리로 돕는 것이 현실의 부조보다 크다.

현실의 부조는 자칫하면 의뢰심을 심을 수 있습니다. 진리로 돕는다는 것은 자주성을 길러 책임감 있는 생활을 하게 하는 것입니다. 삼라만상의 차별상이 하나로 어울려 연출하는 이 아름다운 세상에서 왜 유독 사람들만 갈등하고 고뇌하고 있을까요? 이 불가사의한 현상의 까닭은 간단합니다. 인간 만사가 '본래 하나'의 다양한 모습이라는 사실을 망각하고 있기 때문입니다. 너와 내가 함께 부분적으로 본 모습들을 조합함으로써, 진짜 코끼리의 모습이 그려지는 세상이 그립습니다.

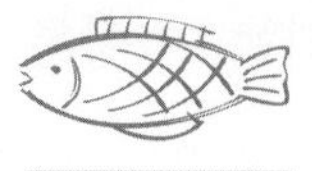

사슴의 뿔과 다리

멋진 뿔을 가진 사슴이 있었습니다. 사슴은 늘 자신의 뿔을 과시하며 자랑스러워했습니다. 가끔은 냇가에 나가 수면에 비친 보관寶冠 모양의 제 뿔 모습에 스스로 도취되어 물 마시러 온 사실을 잊어버릴 때도 있었습니다. 반면에 날렵하기는 하지만, 비쩍 마르고 그저 길쭉하기만 한 자신의 다리에는 불만이 많았습니다. 어느 날이었습니다. 사슴이 사는 산에 큰불이 일어났습니다. 순식간에 불길은 크게 번졌고, 미처 피하지 못한 짐승들이 불에 타 목숨을 잃었습니다. 죽은 짐승들은 대부분 걸음이 느린 것들이었습니다. 사슴은 자신의 날래고 긴 다리를 이용하여 목숨을 구할 수 있었습니다. 그제야 못나 보이던 제 다리가 얼마나 고마운지 알게 되었습니다. 불길을 다 빠져나왔을 때입니다. 앞만 보고 부리나케 달려가던 사슴은 주위에 있는 넝쿨을 보지 못했습니다. 아차! 하는 순간, 넝쿨이 온통 뿔을 휘감아 사슴은 옴짝달싹할 수 없게 되고 말았습니다. 빠져나오려 애를 쓸수록 넝쿨은 더 얽히고설키어 사슴을 옥죄었습니다. 누가 나서서 도와주지 않는 한 사슴은 꼼짝없이 죽게 될 판이었습니다. 사슴은 처음으로 제 뿔을 원망했습니다. 반면에 긴 다리에게 몹시 미안한 생각을 가졌습니다.

좋고 나쁜 것을 분별하고 판단하여 어느 한 쪽에만 집착하는 마음을 가지지 말라는 뜻의 이야기입니다. '눈먼 자식이 효도한다.'는 말이 있습니다. 다른 형제에 비해 뭔가 좀 모자라 늘 마음에 걸리던 자식이 오히려 자라서 부모에게 효도한다는 말입니다. 매사에 우둔하여 속 썩이던 자식이 자라서 효자가 되기도 하며, 똑똑해서 자랑거리였던 자식이 커서 불효하는 경우도 많습니다. 처음부터 잘난 자식이 있고, 못난 자식이 있는 것은 아닙니다. 잘나고 못남이란 한 때 부모가 선택한 가치 판단에 지나지 않습니다. 세상에는 현명한 사람으로서 살아가는 법도 있지만, 우둔한 사람으로서 살아가는 법도 있습니다. 중요한 것은 자

기의 길을 얼마나 성실하고 진실하게 걸어가는가에 달려 있습니다. 부처님이 니제尼提에게 말씀하셨습니다.

여래는 종족과 부귀를 관찰하지 않고, 오직 중생의 업을 관찰한다(대4,295하).… 나는 귀한 사람과 성현 군왕들만이 아니라, 하천한 우파리 등도 제도한다. 나는 대부大富 · 장자 · 수닷다만 제도하는 것이 아니라, 빈궁한 수뢰다須賴多도 제도한다. 또한 대지大智의 사리불만 제도하는 것이 아니라, 우둔한 주리반특周利槃特도 제도한다(296상).

주리반특[Cūḍapanthaka]은 불교경전에 등장하는 우둔한 사람 중 대표적인 사람입니다. 자기 이름도 기억하지 못하던 그는 "나는 경전의 지송持誦도 설법의 다문多聞도 하지 못했으나, 처음 부처님을 만나 법을 듣고 출가하여 부처님이 주신 한 게송을 기억하여 일백일을 수행하여 아라한을 얻었다(대19,126중)."고 했습니다. 어디서도 인정받지 못했던 주리반특이 '오직 한 게송을 지송하고 지계持戒하여 아라한을 얻은 것(대4,381상)' 입니다. '아라한' 은 번뇌를 멸하여 더 이상 괴로움이 없는 성자를 일컫습니다. 법계의 생명 이법理法은 지극히 평등합니다. 거기에는 편법도 차별도 없습니다. 자신의 처지를 수용하고 일도매진一道邁進하는 사람만이 환락을 누릴 수 있습니다. 그런 즉, 세상 그 누구도 차별해서는 안 됩니다. 자신을 차별해서도 안 됩니다.

중생들은 대체로 이익을 쫓아 우왕좌왕하는 경향이 강한 편입니다. 중생의 삶을 살아가면서 주위를 둘러보지 않을 수는 없습니다. 돈벌이가 된다고 하면 거기에 기웃거릴 수도 있습니다. 인기 있는 사람을 동경하여 그의 언행을 따라할 수도 있습니다. 건강에 좋다는 약에 관심을 가질 수도 있습니다. 무엇이 잘 되고, 어느 방법이 수승한가에 대해 관심을 가지고 살피는 자세는 중생세계에서 그리 나무랄 일이 아닙니다. 좋은 쪽으로 나아가려는 습성이니까요. 다만 자기중심은 언제나 굳게 서 있어야 합니다. 그래야만 쉽게 한 쪽으로 휩쓸리지 않고, 언제든지 제자리에 돌아가서 바로 설 수 있기 때문입니다. 정치인에게는 공공을 위한 마음이, 학자에게는 학자로서의 양심이, 시민운동가에게는 정의가, 사업가에게는 상도가 있는데, 이를 각자 맡은 일에 대한 본분, 확고한 자기중심이라 할 수 있습니다. 각자에게 본분에 대한 뿌리가 확고하지 않으면 어찌 될까요? 이익을 쫓아서

질정質定 없이 이리저리 왔다 갔다 하게 됩니다. 학자가 정치인이 될 수도 있고, 사업가의 길을 갈 수도 있습니다. 시민운동가가 정치인이 되지 말라는 법도 없습니다. 그러나 자타가 공감할 수 있는 준비과정이 없는 변신은 삶의 질서에 혼란을 불러일으킵니다.

학자로서 뭇 사람에게 희망을 주었다고 해서 정치인으로서도 동일한 가능성을 보장하지는 않습니다. 시민운동가로서 신망을 얻었다고 해서 정치인으로서 계속 같은 신뢰를 주게 될지는 장담할 수 없습니다. 세인의 박수에 뇌동하여 사심을 다스리는 준엄한 자성自省의 준비과정을 겪지 않은 채 자리를 옮기면, 박수를 치던 사람들의 희망을 앗게 될 수도 있습니다. 학자로서 박수를 받던 사람이 갑자기 시민운동가로 변신했음에도 불구하고 같은 기대를 하고 중심 없이 박수를 치는 세태도 걱정스럽기는 마찬가지입니다. 희망과 절망, 칭찬과 비방은 언제나 비례하여 함께 하는 속성을 가지고 있습니다. 세간적 이利가 아니라 대아적 의義의 토양 위에 굳게 뿌리내린 우직할 정도의 신념만이 세파에 표류하는 삶의 버팀목이 됩니다.

법계에 수순하고 종지宗旨를 세워서 지조 있게 살 것이며… 이것은 각자의 사명을 완수하는데 이원상보二元相補가 되고, 만일 본명本命과 종지에 어긋나게 되면 오래 가지 못하고 서로 방해가 된다.

회당대종사는 위의 말씀으로 본분사를 지킬 것을 강조하셨습니다. 모두가 자신의 본명을 완수하면 상호 상보의 세상이 열리지만, 이를 어기면 서로 상극의 생활이 되어 오래 가지 못한다는 뜻입니다. 우리의 뿔과 다리는 무엇입니까? 우리는 제각기 왕입니다. 자신의 본분사를 지켜가는 왕입니다. 우주 생명의 구체적인 활동상을 나투어 이것과 저것을 아우르는 왕으로서, 나의 일거수일투족은 곧 상호구제의 활동상입니다. 이러한 이치를 깨닫는다면, 우리가 어떤 일을 하든, 어디에도 비할 수 없는 '최고의 가치와 의미'를 가질 수 있습니다. 이러한 신념과 자부심이 진정 삶을 역동적이고 가치 있게 만들기에, 우리에겐 언제나 회심悔心의 주춧돌이 필요합니다.

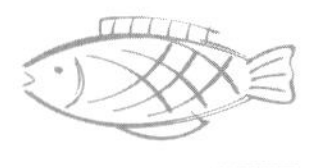

길은 늘 거기 있다

한라산에 다녀왔습니다. 어리목에서 윗세오름을 거쳐 한라산 남벽을 바라본 후 영실靈室로 내려 왔습니다. 그간 몇 번인가 한라산을 오르긴 했지만, 최근 막혀 있던 길이 열림으로써 윗세오름에서 한라산 남벽을 가까이에서 바라볼 수 있었으니, 비로소 한라산을 제대로 느꼈다고 할 수 있겠습니다. 운무雲霧가 연출하는 한라산의 형용을 장엄신비莊嚴神秘라는 한마디로 표현해도 될까요. 자욱한 운무 속에서 살짝 모습을 드러내다가 다시 사라지는 한라산의 광경은 그저 신비하기만 했으니까요. 운무의 베일을 벗고 잠시 흑묵색黑墨色의 기이한 암벽이 열병하듯 나타나는 산의 자태는 신비함에 더하여 장엄하기까지 했습니다. 몇 년 전이었던가요, 오직 백록담을 보겠다는 마음 하나로 성판악 길을 따라 백설의 한라산을 오르다가, 진달래 휴게소에서 돌아올 수밖에 없었던 까닭을 알았습니다. 신비하고 장엄한 자태는 제쳐두고 오직 정상의 백록담에만 홀린 마음에 산이 길을 열어주지 않았을 것입니다. 이번 산행을 계기로, 비로소 먼저 어리목이나 영실靈室 또는 돈네코 코스를 따라서 한라산의 남벽 자태를 감상한 후, 성판악이나 관음사 통로로 백록담을 찾아야 한다는 사실을 나름대로 깨달았습니다.

어리목에서 윗세오름을 향하여 한 걸음 한 걸음 길을 오를 때였습니다. 문득 길은 끝나지 않는다는 지극히 평범한 사실이 새삼스럽게 내 마음에 울려 왔습니다. 대나무 군락으로 이루어진 능선을 따라 뻗어 있는 길을 아련히 바라보면서 길은 그렇게 끝없이 계속되며, 길을 따라 걸어가면 무한한 미지의 세계에 이를 수 있겠다는 생각이 들었습니다. 거기가 어디라도 좋겠다는 생각도 했습니다. 한라산을 오르는 것처럼, 우리네 인생 또한 미지의 세계를 향하여 쉼 없이 가는 여정입니다. 길은 이처럼 예와 오늘이 다르지 않게 이어져 있다고 생각하니, 학창 시절 기억에 담아둔 이황李滉선생의 시조가 뇌리에 와 닿았습니다.

고인古人은 날 못 보고 나도 고인 못 봐

고인을 못 봐도 가던 길 앞에 있네

가던 길 앞에 있거든 아니 가고 어쩔꼬

옛사람도 나를 못보고 나 또한 그를 볼 수 없지만, 내 앞에 옛사람이 걸어가던 길은 펼쳐져 있으니, 그 길을 따라 걷다보면 예와 오늘의 사람이 길 위에서 만날 수 있다는 뜻이겠지요. 산을 오르던 중에 갑자기 나타난 까마귀 한 마리가 나의 상념을 깨우는 순간, 저 멀리 운무를 두고 숨바꼭질하던 한라산이 내 시야를 가득 채웠습니다. 구름 위로 우뚝 솟아 슬쩍 모습을 나타낸 검푸른 빛의 한라산, 아마도 탐라 사람들로 하여금 처참한 역사의 질곡을 겪으면서도 결코 생존의 끈을 놓지 않게 한 희망과 용기의 대상이 아니었을까 합니다. 그렇게 인생의 길은 늘 거기 있습니다.

사람이 도세도度世道를 구하지 않으면, 생사의 고뇌가 끊어지지 않고 오도五道(천도天道, 인도人道, 아귀도餓鬼道 축생도畜生道, 니리태산지옥도泥犁太山地獄道)에 왕래하여 해탈을 얻지 못한다. 지혜로운 현자는 근심과 괴로움을 싫어하고 스승을 보고 따르며 악을 버리고 선을 취하여 사람들에게 도세지도度世之道를 보여준다(대17,517상).

경전은 이렇게 설하면서 세상을 살아가는 길을 '도세지도'라 부르고 있습니다. 더불어 부처님의 가르침을 잘 알면 가히 도세지도를 얻을 수 있다고 하여 도세도度世道를 얻는 법까지 보여주고 있습니다. 도세도는 세상의 사람들이 찾아다니는 그런 처세술이 아닙니다. 영원한 길이 아니기에 매번 피곤하게 찾아야 하는 술수가 처세술이라면, 한번 터득하면 항상 삶의 여정을 이끌어주는 안락의 법도가 도세도입니다. 처세에 골몰하는 사람에게는 길은 항상 막혀 있는 것처럼 보이지만, 도세의 길을 터득한 사람에게 길은 항상 거기 기다리고 있습니다. 사문도사沙門道士가 환희하게 '도세지도'를 묻고(대17,513하), 부처님은 항상 깊이 설하는 이유입니다(대17,550.3). 이처럼 사람들의 마음이 항상 도세도에 깊이 안주하고 지덕을 밝게 이룬다면, 틀림없는 진실무위眞實無爲의 인생길이 열릴 것입니다(대37,99상).

늘 어두운 장막만이 길을 막고 있는 것처럼 보입니까? 그렇지

않습니다. 도세의 의욕을 잃은 것뿐입니다. 도세의 희망을 가지고 걸어보십시오. 더 밝은 길이 펼쳐질 것입니다. 중국 남송南宋의 시인 육유陸游(1125~12100)는 탄핵을 받아 관직을 버리고 귀향한 심경心境을 이렇게 표현했습니다.

산 첩첩 물 겹겹 길이 없을까 했더니
버드나무 우거지고 꽃이 핀 곳에 또 마을 하나 있네.

길이 없어 보이는 곳에 더 큰 길이 있게 마련입니다. 녹음이 우거져 하늘이 보이지 않는 심산深山에도 길이 있으며, 중령重嶺만 넘으면 넓은 마을이 펼쳐집니다. 그렇게 길을 가는 사람은 뒷사람을 위해 길을 만듭니다. 그래서 인생길은 끝나는 법이 없습니다. 여전히 인생길이 꽉 막혀 힘들다는 생각을 떨칠 수 없나요? '첩첩 산길[山重水複疑無路]' 만 보자면, 삶이란 고달픈 게 맞습니다. '산 넘어 우거진 버들가지와 꽃 밝은 또 다른 마을[柳暗花明又一村]' 을 마음에 담으면 희망이 보입니다. 회당대종사는 우리에게 이렇게 희망을 보여주십니다.

바다의 조개가 항상 하늘의 명월明月이 되기를 동경하다가 문득 그 복장腹臟에 진주라는 구슬을 배듯이 이상과 원력의 표준을 크게 세워야 한다(실행론, 2.8.6).

진주는 조개가 자신의 몸에 들어온 모래와 특수한 분비물이 합성하여 탄생되는 보석입니다. 조개는 명월明月을 그리는 마음으로 모래알이 연한 속살에 스치는 아픔을 참아냄으로써, 둥근 달처럼 빛나는 보석으로 승화시켰습니다. 그렇듯이 원력과 인생의 표준이 굳게 세워져 있다면, 길은 늘 거기서 기다고 있을 것입니다. 지금 무슨 일로 그리 힘들어하십니까? 전혀 길이 보이지 않는다고요? 고통이 동반되지 않는 길이란 없습니다. 진주조개 속살의 고통을 내증內證하십시오. 희망의 정토淨土 마을이 보일 것입니다. 저 멀리 구름 위에 우뚝 솟아 있는 한라산처럼 모두 당당하게 세파世波를 건너 또 다른 마을을 향해 나아가 봅시다.

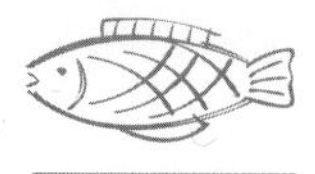

누가 아프지 않는가?

불교에서는 우리가 사는 현실 세상을 고해라고 설합니다. 부처님이 말하는 고苦[duḥkha]는 '마음먹은 대로 되지 않는다' 또는 '힘들다' 등의 뜻이 있습니다. 그러니 마음먹은 대로 잘 되지 않고 힘든 일이 많은 것으로 보아 이 세상은 고해이며, 참고 견디며 사는 게 인생인 것 같습니다. 불교에서 현실세상을 사바세계[sahaloka]라고 하는 이유가 있었군요. 한자어로 '인고忍苦'라 번역되는 사바saha에는 참고 견딘다는 뜻도 있으니까요. '다투고 극복 한다'는 뜻도 있습니다. 현실이 늘 누군가와 다투고 극복해야 하는 일들의 연속이라 가정하면, 참고 견뎌야하는 것이 세상살이니 그 뜻이 서로 다르지 않습니다. 다툼의 관계는 자연과 인간, 인간과 인간, 인간과 집단, 집단과 집단, 나아가 집단과 국가, 국가와 국가 등 무한히 복잡하게 이어집니다. 현실세상이 고해라는 사실은 진리이며, 그 누구도 고苦를 부인하거나 거부할 수 없다는 의미입니다.

초등학교 3학년 때로 기억합니다. 한 살 더 먹은 같은 반 아이가 어느 날부터 까닭 없이 나를 괴롭히기 시작하였습니다. 일가로서 촌수로는 할아버지뻘 되는 그 아이는 온갖 구실을 만들어 시비를 걸었고, 다른 아이들까지 선동하여 집단적으로 나를 괴롭히곤 했습니다. 참고 참다 드디어 주먹다짐이 벌어졌습니다. 어찌어찌하여 다른 아이들이 보는 앞에서 싸워 내가 이기면 다시 시비를 걸지 않기로 나름대로 규칙을 정한 다음, 싸움을 시작했습니다. 첫 번의 싸움에서 내가 이겼습니다. 그는 승복하지 않고 다시 싸움을 걸어왔고, 세 번의 싸움 끝에야 결국 그는 나에 대한 시비를 포기하였습니다. 어른들은 우리의 주먹다짐을 그리 심각하게 받아들이지 않았습니다. '아이들은 싸우면서 큰다' 라고 여길 뿐이었습니다.

한 사람을 꼭 찍어 따돌림 하는 심리는 예나 지금이나 다름없는 것 같습니다. 지금도 '왕따' 라는 따돌림 현상이 심각하니까

©김동규

요. 생각해보면 따돌림을 당했던 것도, 따돌림을 극복할 수 있었던 것도 그들보다 나았던 나의 체력과 학습 등에 요인이 있었던 것 같습니다. 그 아이는 나에 대한 열등감과 부러움, 시기심의 보상감정을 따돌림으로 표출했는지도 모릅니다. 무리에서 차별이 되는 것이 따돌림의 요인일 수 있고, 나아가 차이점이 그것을 극복하는 힘이 되기도 하는 것이지요. 그런데 만약 그 때 내가 그 아이와 싸움에서 졌다면 어떻게 되었을까요? 이게 바로 우리가 고민해야 할 문제입니다. 따돌림을 당하더라도 스스로 극복할 수 있으면, 성장과정에서 긍정적인 효과가 될 수 있지만, 극복하지 못했을 때 당한 사람의 아픔과 상처는 길고도 깊게 남게 됩니다. 한때 철없는 행동으로 따돌림 행위를 했던 가해자에게도 두고두고 트라우마로 남을 수 있습니다. 그 트라우마는 일방이 아니라 쌍방이 받아야 하는 응보應報입니다.

삶의 과정에서 다툼과 경쟁은 필연입니다. 그 경쟁에서는 절대적인 승자도 패자도 없습니다. 받아들이기에 따라서 모두 승자가 될 수도 있고, 패자가 될 수도 있습니다. 그런 즉, 경쟁 후에 패자는 승리자를 축하해 주고 승리자는 패자를 감싸 주는 심리가 필요합니다. 승부에서 증오와 한限의 감정이 이입되면 모두가 패자가 되고 맙니다. 왕따가 심각한 사회문제인 이유는 우리 사회에서 패자인 약자를 보듬어 줄 수 있는 심성의 부재가 근본요인으로 작용하고 있기 때문입니다. 과연 우리 아이들에게 약자를 감싸주는 심성은 정녕 작용하지 않는 걸까요? 그들에게는 처음부터 그런 심성이 없는 것일까요? 그렇다면, 약자를 괴롭힌 아이를 처벌하는 것만으로 '왕따현상'을 예방할 수 있을까요?

'천 명의 사람을 살해하여 그 손가락으로 목걸이를 만들면 천상에 태어난다'는 사마외도邪魔外道의 사설에 빠져 흉포한 짓만 골라 일삼는 사람이 있었습니다. 그가 자신의 어머니를 살해하려는 패륜을 저지르는 순간이었습니다. 부처님이 불가사의한 정명지正明智를 놓아 비추었습니다. 그럼에도 그는 마음을 찾지 못하고 부처님까지 살해하려고 쫓아왔습니다. 멈추라고 소리치며 따라오는 그를 향해 부처님은 의미심장한 말씀을 남기십니다. "나는 가면서도 머무를 수 있는데, 그대가 머무르지 못하는구나."

당신께서는 자비한 심지心地에 머물러 뭇사람을 애민하게 보호하려 하는데도, 당사자가 살심殺心이라는 악의 근원에서 벗어나 선善에 머무르지 못한다는 뜻이었습니다. 그 한마디 말씀에 마음을 되찾은 그는 부처님의 자비심에 항복하고 출가 수행자가 됩니다. 얼마가 지난 후였습니다. 국왕이 수행지에서 그를 찾아내어 체포하려 했습니다. 하지만 금세 포기하고 맙니다. 진지하고 단정한 그의 수행자다운 모습에 감동한 것입니다. 국왕은 오히려 그에게 경의를 표하고, 이렇게 찬탄했습니다.

"부처님께서는 '투항하게 못할 자를 투항하게 하고, 복종하게 못할 자를 복종하게 하는[不降而使降 不伏而使伏]' 희유한 일을 하신다."

그 흉포했던 이의 이름은 앙굴마鴦掘魔[Aṅgulimāla]였습니다. 그리고 훗날 수행을 통하여 아라한阿羅漢(번뇌 없는 성자)이 되었습니다(『증일아함경』 권31). 사람에게는 누구에게나 본디 자비심이 갖추어져 있으며, 자비심을 일깨워 주면 아무리 흉포한 사람일지라도 성자가 될 수 있음을 일러주는 일화입니다.

증오를 극복할 때까지 반영反英 운동을 계속할 수 없습니다. 영국인에 대한 증오가 멈춰져야만 우리는 비로소 영국인에 대한 반대운동을 할 수 있습니다.

인도의 독립운동가 간디는 동료들을 향해 이렇게 부르짖었습니다. 보편 진리로 돌아가서 증오심을 버려야만, 다툼과 경쟁의 현장에서 긍정적 결과를 얻을 수 있다는 점을 강조한 말입니다. 그는 진리라서 힌두교를 믿는 것이 아니라, 진리가 힌두교라서 믿는다는 보편진리에 대한 신념을 가진 지도자였습니다.

지금 우리에게는 아이들에 대한 '자비한 분심憤心'이 필요합니다. 자비한 분심이란 아이들을 믿고 사랑하는 마음으로 그들이 분발심을 일으키도록 체벌을 하는 것입니다. 그러나 먼저 어른들부터 자기 참회의 분심을 앞세우지 않으면 효과가 없습니다. 지금 우리 어른들이 '삼밭의 삼이 자라듯이' 상생相生하려는 경쟁이 아니라, 증오와 한限의 언어와 몸짓으로 서로 뺏으려는 다툼의 무대에 너무 익숙해져 있기 때문입니다. 혹 우리 아이들이 저지르고 있는 '왕따현상'이 어른들이 펼치고 있는 무대의 비극을 자기들 세계로 도입하여 실습하고 있는 것일 지도 모른다는 내 생각이 지나친 것일까요?

은혜는 평생으로 잊지 말고, 수원讐怨은 일시라도 두지 말라.

회당대종사는 왜 우리를 이렇게 타이르셨을까요? 은혜와 수원은 곧 우리의 생사生死 향방을 가립니다. 우리 마음속에 은혜의 자비심이 작동하면, 사회는 낙토樂土가 되어 함께 살아가는 길이 열립니다. 수원의 분심이 솟아나면, 고해가 되어 공멸의 길로 향하게 됩니다. 본래 맑고 밝은 우리 아이들의 본성이 요즘 왜 그리 더디 피어날까요? 아이들만의 잘못이 아닐 겁니다. 언젠가부터 이 땅 어른들의 심성 안에서 작동되지 않고 멈추어버린 자비심 그윽한 향풍香風이 다시 불어온다면, 아이들 본성 또한 언제 그랬냐는 것처럼 바로 회복될 것입니다.

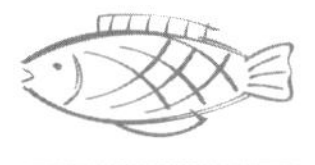

지금 무엇을 하고 있는가?

사람들에게는 무엇이든지 차별하려는 좋지 않은 마음이 내재해 있습니다. 그중에서도 특히 사람의 종성種姓을 고하高下와 존비尊卑로서 차별하는 분별심은 인류사회에 많은 해를 끼쳐왔습니다. 고대 인도사회에서도 이미 분별심이 작용하고 있었던 모양입니다. 그러기에 부처님이 그런 마음을 크게 경계하신 게지요. 아시는 바처럼, 인도에는 고대사회에서부터 시작된 네 가지 종성種姓[varṇāḥ]으로 차별하는 습속이 아직도 존재하고 있습니다. 사성四姓의 기원은 본디 아리안Aryans 민족이 인도북부를 정복함에 따라, 정복자와 원주민을 존비尊卑로 구분하는데서 비롯되었습니다. 그 후에는 점차 직업

분화에 따라 종성이 나누어져 세습화 되었는데, 직업과 피부색은 밀접한 관계가 있습니다. 종성을 나타내는 인도어varṇāḥ가 곧 '색상色相'을 뜻하니까요. 아무튼 인간의 종성이 세습적으로 고착화되면서부터, 인도인들은 사람은 태어날 때부터 종성이 결정된다고 생각하였습니다. 경전에는 영군특領郡特이라는 종성이 보입니다. 최상위급인 바라문 brāhmaṇa 아버지와 천민 수드라 śūdra 어머니 사이에 태어난 사람을 일컫는 종성으로 전타라旃陀羅[caṇḍāla]라고도 합니다. 영군특 또한 천민계열에 속하여 차별을 받았습니다.

한때 부처님이 왕사성에서 탁발을 하면서 불[火]을 섬기는 바라두파차 바라문의 집을 찾은 적이 있습니다. 바라두파차 바라문이 음식을 장만하고 공양 화구火具를 준비하다가, 멀리서 부처님이 오시는 것을 보고 다급하게 소리쳤습니다. 부처님을 영군특으로 여겼던 모양입니다.

"거기 멈추시오. 영군특[천민賤民]은 가까이 오지 마시오."

부처님이 바라문에게 다가가 묻습니다.

"영군특이 무엇인지 아는가?"

부처님의 질문에 바라문이 잘 알지 못한다면서, 부처님께 영군특과 영군특이 되는 행위에 대하여 설해 달라고 청합니다.

부처님은 바라문에게 영군특의 정체성부터 설하였습니다.

"노여움으로 마음에 한을 품고 여러 과오와 죄악을 덮어 감추며, 계를 범하고 악견惡見을 일으켜서 허위로 진실하지 못한 사부士夫가 마땅히 영군특임을 알아야 한다."

이어, 이렇게 강조하셨습니다.

"그대는 마땅히 알라. 내가 설한 것과 같이 두 가지 종성[바라문과 영군특] 중에서 태어난 종성에 따라 영군특이라 하지 않고, 태어난 종성에 따라 바라문이라 하지 않는다. 그 행위[업業]에 의해서 영군특이 되고 바라문이 된다."

바라문과 영군특은 태생에 따라 결정되는 것이 아니라, 그가 지은 업에 결정된다는 말씀이었습니다. 그제야 바라문은 부처님의 말씀을 복창하면서 음식을 공양하고 부처님께 귀의할 뜻을 밝힙니다. 부처님의 출가허락이 떨어지자 그는 이렇게 참회의 고백을 합니다.

"도道가 아닌 것으로 청정淸淨을 구하고, 불[火]을 공양하여 제사지내며 청정한 길을 알지 못했으니 그동안 나는 마치 타고난

©김동규

장님 같았다."

이어 "이제 이미 안락을 얻어서 출가하여 구족계 받고 세 가지 밝음[삼명三明]까지 얻게 되었으니 부처님의 가르침에 이미 이르렀도다."고 하여 귀의의 심경을 밝힙니다(잡아함경 102경).

부처님은 자신을 영군특이라 비하卑下하면서 가까이 오지도 못하게 하는 바라문에게 '태어난 가문에 의해서 바라문이나 영군특이 되는 것이 아니라, 그 행위에 의해서 바라문이 되고[업위바라문業為婆羅門] 영군특이 된다[어위영군특業為領群特]' 라고 하여 바라문의 사심邪心을 일깨워 주었습니다.

그렇습니다. 사람의 고하高下는 태생적으로 정해지는 것이 아니라, 살아가는 행위에 의해서 정해집니다. 그런데 사람들은 가난한 집안에 태어났기 때문에 가난하고, 부유한 집안에 태어나 부유하다고 믿는 사람들이 많습니다. 전혀 사실이 아니라고 부인할 수는 없습니다. 그러나 가난한 집안 출신이 부자가 되어 넉넉한 생활을 하거나, 부유한 집안 출신이 나중에 궁핍한 생활을 하는 경우도 많습니다. 인생의 존비尊卑는 객관적 환경보다는 주체적 행위에 의해서 결정적인 영향을 받습니다. 그럼에도 삶의 질이 태생적인 가문에 따라 지배된다는 생각에서 벗어나지 못하고 있는 사람들이 많은 것 같아 안타깝습니다.

어떤 사람은 자신의 불우한 처지가 세상에 책임이 있다 하여 불평불만을 쏟아 붓습니다. 또 어떤 사람은 자신이 가진 기득권을 이용하여 무한한 특권을 누리려 합니다. 그러나 가난이 사회를 부정할 명분이 될 수 없으며, 부나 권력이 특권을 누려야 할 명분도 없습니다. 약자라서 사회를 향하여 독설을 퍼부을 수 있는 명분도 없으며, 강자라고 해서 마냥 특권을 행사할 명분도 없습니다. 자신의 업과業果를 비추어 보면, 약자인 것이 남의 탓이 아니라는 것을 알 수 있습니다. 더불어 상의상관相依相關하는 연기緣起의 세상을 둘러보면, 자신이 가진 것 중 남의 도움을 받지 않고 만든 것이 없음을 알 수 있습니다.

지금 세상에는 두 바퀴가 엇박자로 돌아감으로써 발생되는 불협화음이 세상을 어지럽히고 있습니다. 한 바퀴는 태생적인 특권의식에 취하여 앞뒤를 살피지 않고 돌아가고 있으며, 다른 한 바퀴는 생득적生得的인 피해의식에 빠져서 세상을 조롱의 대상으로 삼으면서 돌아가고 있습니다. 과연 부조화를 이루고 있는 이 두 바퀴의 기능을 조화롭게 돌려놓을 수 있는 사람이 누구일까요? 자질 있는 지도자가 필요합니다. 누가 지도자입니까? 목숨을 내어 놓고 자신의 임무에 전력을 다하는 사람입니다. 아덴만의 영웅 석해균 선장은 해적의 살해 위협이 두렵지 않았느냐는 물음에 "겁 없는 사람이 있겠습니까. 그렇지만 선장이란 배에 위험이 닥칠 때 목숨을 바칠 수 있는 각오가 있어야 할 수 있는 자리입니다. 그 마음이 없다면 선장을 해선 안 되지요."라고 대답했습니다. 참다운 지도자에 대한 소박하지만 명쾌한 그의 해답입니다. 반면에 자기부터 챙기는 리더는 리더로서의 자질이 없습니다. 그는 특권을 찾는 사람에 불과합니다. 회당대종사는 우리를 이렇게 경각시킵니다.

사私를 세우면 모[方]가 되어 반半을 쓰게 되고, 공公을 세우면 둥글게 되어 전체를 쓰게 된다.

지도자는 공의公義를 세울 수 있는 사람이라야 합니다. 공의가 바로서면 전체가 유익하여 둥글고 조화로운 사회가 됩니다. 공의가 사익私益의 도구화가 되면 모가 나서 소음이 일어나고, 세상이 어지러워집니다. 정법正法의 지도자가 있는 나라에서는 부가 자랑스럽고 가난이 떳떳할 수도 있습니다. 사도私(邪)道의 지도자가 설치는 나라에선 재산이 수치일 수 있습니다.

지금 무엇을 하고 있습니까? 혹시 까닭 없이 사회를 향하여 정제精製되지 않는 사고와 언어를 표출하고 있지 않습니까? 사회뿐만 아니라, 자기 심성마저 오염시키는 행위입니다. 혹시 지위와 권력 부를 이용하여 사욕을 취하려 하고 있지 않습니까? 그렇다면 생득적 특권의식에 빠져 있군요. 이런 사람들이 지도자가 되면 미래가 위험합니다. '광취狂醉한 사람은 취하지 않는 사람을 조소하고, 혹수酷睡(깊은 잠)한 사람은 깨어 있는 사람을 조롱한다(반야심경비건般若心經秘鍵)' 고 하지요. 모두가 얼른 제자리에 돌아가 속에 품은 응어리마저도 안으로 정제하여 해학諧謔의 예술로 승화시킴으로써, 이 사회를 성숙한 세상으로 만들어주기를 바랍니다.

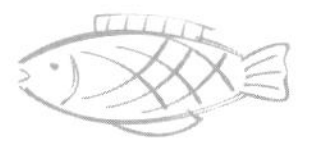

눈은 두 개다

외눈원숭이들만 사는 외딴 섬이 있었습니다. 어느 날이었습니다. 두 눈을 다 가진 원숭이 한 마리가 바다를 표류하다가 섬에 들어왔습니다. 온 섬에 큰 소동이 일어났습니다. 외눈원숭이들에게 두 눈 원숭이가 비정상으로 보여기 때문입니다. 두 눈 원숭이는 졸지에 장애 원숭이로 취급되어 조롱거리가 되고 말았습니다. 세상을 아는 늙은 원숭이가 두 눈 원숭이가 오히려 정상이라고 해 보았지만, 아무도 믿지 않았습니다. 얼마 후 또 한 마리의 두 눈 원숭이가 표류하여 섬에 도착했습니다. 그제야 외눈원숭이들의 생각이 달라지기 시작했습니다. 결국 두 눈을 가진 원숭이 나라를 방문함으로써, 자신들이 장애라는 사실을 깨닫게 되었습니다.

사람의 눈도 두 개입니다. 왜 두 개일까요? '안횡비직眼橫鼻直'입니다. 눈은 옆으로 나 있고, 코는 수직으로 나 있듯이 굳이 설명이 필요 없는 진실을 일컫는 말입니다. 구태여 이유를 꾸며내자면, 쌍방雙方을 보기 위함이 아닐까 합니다. 사람들에게는 이것저것, 이쪽저쪽, 안과 밖 등 분별하려는 습성이 있습니다. 그런데 이 분별의 습성이 더러 다른 사람들을 괴롭히고 사회를 혼란스럽게 합니다. 두 눈이 있어야 정상이듯이 서로 함께 어울려야 세상일은 원만하게 돌아갑니다. 어느 한 방향으로 기울거나 집착하면 분쟁이라는 사달이 일어납니다.

분쟁 해결의 방법은 너와 나 그리고 삼라만상이 하나라는 전체[전일全一]의 양방兩方을 깨닫는 것입니다. 정치가 세상을 시끄럽게 하고 있습니다. 분란하지만, 사람이 사는 곳에는 정치가 필요합니다. 구성원의 능력을 최대한 발휘하게 하고, 그 결과를 공정하게 누리게 하는 행위이기 때문입니다. 다산茶山 정약용丁若鏞(1762~1836) 선생은 정치를 이렇게 정의했습니다.

정치란 공정하게 하는 일이요, 우리 백성들이 균등하게 살아가도록 하는 일이다(원정原政).

그렇습니다. 사람이 사는 곳에는 이권利權 쟁취를 위한 분쟁이 있게 마련이고, 그 분쟁을 해결하는 것이 정치政治의 한 역할입니다. 따라서 정치지도자는 신뢰감과 위엄을 갖추어야 합니다. 신뢰는 차별 없이 돌보는 마음에서 얻을 수 있고, 위엄은 자신의 무사공평한 행위에서 나옵니다. 신뢰든 위엄이든, 두 눈이 쌍방雙方을 바르게 볼 수 있어야 얻을 수 있습니다. 정치지도자의 치국요법治國要法은 과연 무엇입니까? 경전은 이렇게 설합니다.

선남자야, 나는 (인왕人王으로 하여금) 이러한 행에 머물도록 한다. 정법正法에 따라 나라를 다스리며 국민을 관찰하여 세상에 수순행隨順行을 하도록 한다. 정법에 따라 국민을 감화[훈훈熏]시켜 섭수攝受하여 편안하고 요익饒益하게 한다. 그리고 정법에 따라 국민을 교화[교教]하여 이끌어서 선근을善根을 짓게 하고 진실을 보게 하여 공포심을 여의게 한다(화엄경, 대9,709하).

경전은 정치지도자의 첫째 요건을 정법정치正法政治라 했습니

LG
P-L104

다. 부처님은 정법정치를 이렇게 설명하십니다.

선정善政으로 국민을 감화시켜 비법非法에 따르지 않게 하고, 오히려 신명身命을 버리고 친인척을 사랑하지 않고[불애권속不愛眷屬], 친비친親非親에 항상 평등하고, 친비친親非親을 보아서 화합을 제일로 하여, 정행正行의 명칭이 두루 퍼져서 정법정치正法政治를 하면, 국민은 대다수 선행을 하고 항상 선심善心으로 지도자[국왕]를 우러러본다. 능히 온 세상[천중天衆]이 구족하고 충만하게 된다. 이것이 정치이고 국민의 지도자[인왕人王]라 이를 수 있다(금광명경金光明經, 대16, 391상).

비법非法에 따르지 않고 신명身命을 바쳐 친비친親非親의 화합을 이루어 가는 정치가 정법정치이며, 정법정치를 할 수 있는 사람만이 정치 지도자가 될 수 있다는 뜻입니다. 회당대종사도 이렇게 말씀하십니다.

공도公道를 깨닫지 못하고 실천 없는 사람에게 영도領導를 맡기거나, 덕이 짧은 사람에게 지위를 높이거나, 지혜가 어두운 사람에게 대사를 맡기거나, 역량이 작은 사람에게 중책을 맡기면 화를 부른다. …군주

시대는 임금이 먼저 성스럽게 되어서 국가가 융성하였지만, 민주시대는 주인인 국민이 먼저 성스럽게 되어야 나라가 융성하게 되는 이치를 알아야 한다. 근본이 되는 국민이 먼저 성스럽게 되어야 하기 때문이다.

위의 말씀은 정법정치를 할 수 있는 지혜와 역량을 갖춘 지도자를 뽑지 않으면 화를 불러 올 수 있으니, 정법정치의 지도자를 원한다면 국민들 스스로 성스러운 안목을 갖추어야 한다는 뜻이기도 합니다. 구성원 사이의 공정과 균등, 이권문제를 해결하는 정치행위는 구성원을 대표하고 대행하는 지도자를 선출하는 선거에서 시작되기 때문입니다. 공공을 논하면서 사익에 마음이 가 있는 사람, 정권을 잡기 위해 국익을 들먹이는 사람, 공정과 공평을 내세우며 친비친親非親을 가리는 사람, 국민의 이름을 입신의 배경으로 삼으려는 사람, 나아가 서민의 아픔을 무기 삼아 자신의 한을 갚으려는 유사인권운동가, 민중의 응어리를 푼다는 명분으로 정제되지 않고 생경한 언어로써 세상을 희롱하는 미숙인未熟人 등등. 오직 국민이 성스러워야 운무雲霧에 가려진 이들의 본모습을 알아볼 수 있는 것입니다.

공도公道를 깨달은 사람, 덕이 높은 사람, 지혜가 밝은 사람, 역량이 큰 사람들은 신뢰와 위엄을 갖추고 있습니다. 다산은, 위엄은 청렴淸廉에서 나오고 신뢰는 충성심에서 나온다고 했습니다. 아울러 백성들에게 온갖 충성심을 다 바치고 청렴한 정사를 펼 수 있어야만 만백성들이 복종하게 된다고 했습니다.

민주주의 사회에서 지도자를 뽑는 선거에 임하는 국민들의 마음가짐은 참으로 중요합니다. 국민이 먼저 위엄을 갖추고 신뢰를 쌓지 않으면, 신뢰와 위엄 그리고 덕을 갖춘 지도자가 나올 수 없습니다. 국민들의 미혹과 잘못된 판단으로 선출한 지도자가 나라와 국민들을 망친 사례는 동서고금을 통해 수없이 밝혀졌습니다. 먼저 국민들이 바로서야 합니다. 정법정치는 지도자에 의해서가 아니라 바로선 국민들이 만들어 냅니다. 정치지도자들이 가장 두려워하는 것이 바로 선 국민들이기 때문입니다.

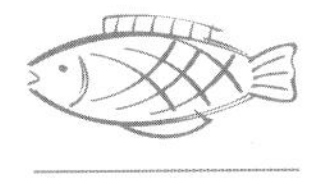

자연은 곡선

오월의 산야가 빚어낸 연초록의 초목에서 어머니의 품처럼 푸근한 정감이 밀려옵니다. 문득 '자연은 곡선' 이라는 생각이 들었습니다. 바로 법정스님의 '직선과 곡선' 이라는 시가 뇌리에 떠오릅니다.

사람의 손이 빚어낸 문명은 직선이다
그러나 본래 자연은 곡선이다
인생의 길도 곡선이다
끝이 빤히 내다보인다면 무슨 살맛이 나겠는가
모르기 때문에 살맛이 나는 것이다

이것이 바로 곡선의 묘미이다

스님의 심상心想이 잡힐 듯합니다. 스님은 이런 서원도 남깁니다.

때로는 천천히 돌아가기도 하고
어정거리고 길 잃고 헤매면서
목적이 아니라 과정을 충실히 깨닫고 사는
삶의 기술이 필요하다

30여 년 전, 일본 나리타공항에서 도쿄시내로 들어가다가 차창을 통해 본 '스피드에 취하지 말라.'는 광고문구가 새삼스럽습니다. 여행 내내 그 문구가 마음속에서 떠나지 않았습니다. 그래서였을까요, 교토의 한 고찰 입구에서는 '구석[일우一偶]을 비추자.'라는 경구도 쉽게 만났습니다. 오사카의 고야산高野山 금강봉사金剛峯寺에서는 생명을 살리자[いかせいのち]."라는 제목의 소책자가 금방 눈에 들어왔습니다. 일본인들이 당면한 현대문명에 대한 절절한 경각의 심정만은 아닐 겁니다. 전 세계인들이 받아들이고 깨우쳐야 할 경구입니다. 현대인들은 멈출 줄 모르고

달리는 폭주기관차처럼 속도의 경쟁에 휘둘리고 있습니다. 더 많이 소유하기 위해서입니다. 위험합니다. 가끔은 멈추거나 적당히 속도를 줄일 줄도 알아야 합니다. 앞만 보고 질주하면 옆과 뒤를 돌아볼 새가 없습니다. 삶의 기쁨은 앞만 보고 혼자 달려가는데 있지 않습니다. 앞서 가는 사람, 옆에 있는 사람, 뒤 처진 사람과도 소통할 줄 알아야 삶이 아름다워집니다. 소유욕으로 속도감에 취하면, 결국 이웃을 잃고 자신의 생기까지 쇠하게 됩니다. 삶에서 근본적인 의욕은 소유욕이 아닙니다. 공유共有함으로써 더 크고 가치 있는 생기를 얻을 수 있습니다.

사람의 손이 빚어낸 문명을 속도에 취하게 하는 직선도로에 비유하기도 합니다. 사람의 생명을 부지하고 있는 자연은 본디 곡선에 가깝습니다. 아니 자연에는 본래 직선이 존재하지 않습니다. 자연의 직선이라고 해봐야 곡선의 작은 부분에 지나지 않기 때문입니다. 그렇듯 자연을 무대삼아 살아가는 삶에는 애당초 직선이라곤 없습니다. 그럼에도 불구하고 사람들은 소유욕에 내몰리어 끊임없이 질주하는 직선의 삶을 만들려고 합니다. 직선의 삶이 있다 하더라도 곡선의 삶의 도움을 받아야 여유롭고 풍요로워집니다. 직선이 곡선의 부분이 되어야 모[각角]가 생기지 않습니다. 나와 앞만 보고 달리는 직선의 삶은 무의미하고 위험하기까지 합니다. 뒤와 옆 그리고 앞과 보조를 맞추어 나아가는 삶이 의미 있고 아름답습니다.

타자와 주위를 살피는 여유를 가지는 의미 있는 삶을 누리려면 어찌해야 할까요? 생명이 가진 본래의 마음을 깨달아 본성을 되살려야 합니다. 인간과 자연을 살리는 생명은 소유를 거부합니다. 생명이 소유에만 집착하면 생명으로서 생기를 잃게 됩니다. 삶의 의지가 있는 곳에는 생명이 그냥 주어집니다. 주어진 생명은 또 다른 생명에게 자기를 내줍니다. 아름다운 꽃을 피워 주위를 밝히고, 실한 열매를 맺은 후에는 제가 갖지 않고 주어버립니다. 이러한 삶이야말로 직선과 곡선의 조화라 할 만합니다.

행복지수는 빠른 직선의 삶보다는 여유로운 곡선의 삶에서 높아집니다. 티베트 불교의 사생관死生觀을 연구하는 한 학자는 티베트인의 삶의 특질을 이렇게 정의합니다.

주어진 환경 때문인지 티베트 사람들은 직선보다는 곡선의 삶과 가치관을 추구한다. 그들의 삶은 느리지만 돌아갈 줄 알고, 경쟁과 돈을

행복에 연결지어 주입하지 않는다. …그러나 티베트인들의 삶에는 '무조건 느리게' 가 아닌 그들 나름의 속도와 템포가 있다. 세상이 정해놓은 트랙 속에서 죽을 것 같이 달리는 것이 아닌 자신들만의 길을 유유히 걷는 것이다. '미래가 행복할 것' 이 아니라 '지금 행복하기가' 바로 곡선적 삶의 자세라고 한다면, 티베트인들이 바로 그러하다.(심학주의 『티베트불교 이야기』에서)

상대비교를 초월하여 현재의 삶을 초연하게 살아가는 그들의 삶의 방식을 엿볼 수 있는 글입니다. 속도경쟁에 익숙해진 사람들에게는 과연 그러한 삶이 가능하겠느냐는 의문이 일어날 수 있습니다. 여기에 대한 답으로 그는 이렇게 설명합니다.

경쟁, 상대적 평가, 속도, 성과주의가 팽배한 우리의 삶속에서 '직선' 의 키워드가 매우 유효한 것처럼 보인다. 옆도 뒤도 필요 없고 곧장 직선으로만 달리는 우리의 삶이 효율적일 것 같지만 사실 그렇지 않음을 시간이 지나면서 확인하게 된다.

한국인의 생활과 문학의 특질을 '은근과 끈기' 라고 표현한 학자가 머리에 떠오릅니다. 국문학자인 그의 대표적인 수필 '은근과 끈기' 에는 이런 글이 나옵니다.

한국예술을 흔히들 선의 예술이라 하는데, 기와집 추녀 끝을 보나, 버선의 콧등을 보나, 분명히 선으로 이루어진 극치다. 또, 미인을 그려서 한 말에 '반달 같은 미인' 이란 말이 있으니, 이도 또한 선과 선의 묘미일 뿐 아니라, 장구 소리가 가늘게 또 길게 끄는 것도 일종의 선의 예술일 시 분명하다. 그런데, 반달은 아직 충만하지 않은 데 여백이 있고, 장구 소리에는 여운이 있다. 이 여백과 여운은 그 본체의 미완성을 말함일지 모르나, 그러나 그대로 그것은 완성의 확실성을 약속하고, 또 잘리어 떨어지지 않는 영원성을 내포하고 있으니, 나는 이것을 문학에 있어, 또 미에 있어 '은근' 과 '끈기' 라 말하고 싶다(조윤제의 수필 〈은근과 끈기〉 중에서).

저자는 은근과 끈기를 선線, 아니 곡선이 연출하는 삶의 멋과 정신이라고 풀이하고 있습니다. 이 글에 동의를 하든 아니 하든, 곡선의 삶이 직선의 삶을 품고 순화시킨다는 점만은 부정할 수 없습니다. 물질적 여유를 가질수록 산과 들을 찾는 사람이 늘어나는 것이 이를 증명합니다. 생명 세계의 조화롭고 아름다운 모습을 상징하는 만다라도曼荼羅圖는 곡선[원圓]과 직선[사각四角]의 조합으로 구성되어 있습니다. 곡선이 직선을 품고 직선이 곡선을 만나면, 조화로운 세상이 열립니다. 회당대종사는 이렇게 말씀하십니다.

사私의 세계는 모난 것을 쓰고 반半을 쓰며, 공公의 세계는 둥근 것을 쓰고 전체를 쓴다.(실행론 4.3.5나)… 둥근 것은 화합이요, 모난 것은 고집이다.(5.6.8가)

사욕私慾은 모가 나는 직선의 삶이 되어 반半을 살게 되고, 공익公益의 삶은 둥근 곡선의 삶이 되어 온전하게 살 수 있다는 의미입니다. 부처님은 완전한 깨달음[원각圓覺]을 얻어서 감싸 안는 소리[원음圓音]로 설법합니다. 바퀴처럼 둥글어야 모든 것을 품을 수 있기[윤원구족輪圓具足] 때문입니다. 자연이 연출하는 생명의 축제를 즐기면서 살아가보십시오. 가끔은 많은 것들을 내려놓고 고향의 시골길을 타박타박 걷듯이, 곡선의 삶으로 돌아가 보십시오. 성취의 속도감에 취하여 조급하고 메마른 직선의 삶을 품어 줄 수 있는 것은 결국 곡선이니까요.

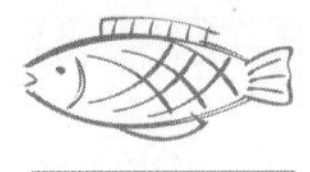

겉과 속의 조화

말로 그 사람의 속내를 엿볼 수 있습니다. 행동으로도 사람의 속마음을 읽을 수 있지만, 속내를 상징적으로 드러내는 도구는 말이 으뜸입니다. 그래서 대중의 집단의식이 종종 함축적인 언어로 표현되어 전달되기도 합니다. 금언金言이나 속담이 그러한 예입니다. '보기 좋은 떡이 먹기도 좋다' 는 속담 아시지요? 보기 좋은 음식이 맛도 좋다는 뜻이지만, 겉이 좋아 보이는 것은 속도 좋아야 한다는 당위성을 은근히 풍기는 말로도 풀이할 수 있습니다. 겉과 속이 조화를 이루어가는 것이 자연의 이치이기 때문입니다. 그러나 사람 사는 세상에서 겉과 속의 문제는 간단치 않습니다.

까마귀 검다 하고 백로야 웃지 마라

겉이 검은 들 속조차 검을 소냐

겉 희고 속 검은 이는 너 뿐인가 하노라.

겉은 희면서 속이 검은 표리부동한 사람에게, 남 탓하지 말고 자신을 되돌아 볼 것을 권유하는 이직李稷(1362~ 1431)의 시입니다. 표리부동에는 두 갈래가 있습니다. 첫째 겉 희고 속 검은 사람입니다. 둘째 겉 검고 속은 흰 사람입니다. 문제가 되는 것은 당연히 겉 희고 속 검은 사람입니다. 표리부동한 사람들이 주로 자신의 겉모습을 희게 꾸미고 나타납니다. 제 더러운 속을 내보이지 않게 하려는 치장입니다. 자기가 만드는 물건과 소유물의 겉까지 아름답게 꾸밉니다. 겉만 번드르하고 알맹이는 허술한 상품이 판매대에 올라 유혹하기도 합니다. 그래서 겉 희고 속 검은 것들은 사람들을 실망하게 하고, 세상을 어지럽게 합니다. 속보다는 겉을 드러내면, 결국 진실성이 엷어지고 나아가 지속성이 흐려집니다. 느리지만 겉은 검더라도 속이 흰 것이 오히려 지속적인 신뢰를 얻을 수 있습니다. 밤이 익으면 송이가 벌어지듯이 알찬 속은 꾸미지 않아도 자연스럽게 겉으로 드러나게 됩니다. 겉은 검더라도 속이 희면 언젠가는 겉과 속이 일치하게 됩니다. 겉과 속이 조화를 이루면서 완성되어 가는 것이 생명의 이치입니다. 하지만 겉과 속이 일치하는 생각과 행동을 하는 사람은 흔치 않습니다. 모든 사람들이 겉과 속을 희게 하는 노력을 지속해야 하는 이유입니다.

안팎이 조화를 이루는 곳은 늘 살기 좋은 곳입니다. 언제 어디서나 신뢰가 바탕이 된 삶을 누릴 수 있기 때문입니다. 그러한 곳을 불교에서는 정토淨土라고 합니다. 흔히 말하는 완전사회입니다. 정토는 부처님의 세계입니다. 중생들이 사는 땅을 예토穢土라고 합니다. 더러운 먼지가 가득한 곳이라는 뜻입니다. 티 없이 맑고 깨끗한 땅 정토가 저 멀리 다른 곳에 있다는 개념이 타방정토他方淨土입니다. 타방정토 중에서 가장 인기 있는 정토가 서방정토西方淨土이고, 그 고유한 이름이 극락極樂입니다. 서방정토인 극락을 다스리는 부처님은 아미타불입니다.

타방他方이란 여기가 아닌 동서남북의 다른 곳이니 결국 타방은 모든 방향, 즉 시방十方입니다. 따라서 타방정토는 곧 시방정토十方淨土입니다. 그런데, 시방정토란 온 세계가 정토라는 의미입니다. 정토가 저 멀리 타방에만 있는 것이 아니라, 이곳에도 있다는 것을 암시하고 있습니다. 중생이 살고 있는 예토가 곧 정토라는 의미로, 예토와 정토가 함께 있다는 말이 됩니다.

그런 즉, 정토의 기준은 자기 마음에 달려 있습니다. 여기에서 '유심정토唯心淨土'라는 설명이 필요합니다. 정토는 마음에 있다는 말입니다. 마음에 따라서 예토가 되고 정토가 되니, 번뇌의 티끌이 덮인 중생의 마음으로 보면 예토가 되고, 청정한 지혜가 밝은 마음으로 보면 온 세상이 정토가 되는 것입니다.

범천梵天이여 마땅히 알아라. 이 예토穢土에서 정법을 호지하면 순식간에 수승한 정토에서 일겁 혹은 더 오래 공덕을 얻을 것이다. 그러므로 마땅히 부지런히 정법을 호지할지라(반야경, 대7,963중).

정법을 호지護持하면 예토에서도 정토의 공덕을 얻게 된다는 『반야경』의 말씀입니다. 정법을 지키는 곳은 어디나 정토입니다.

세존께서 설하시듯이 부처님이 계시는 곳에는 예토가 없다. 중생이

©김동균

박복하여 정토를 보지 못한다. 세존이여! 만약 선남자 선여자가 반야 바라밀의 이름을 들으면 심히 희유한 일이 된다(반야경, 대8,706상).

경전은, 예토가 다른데 있는 것이 아니라 중생이 박복하여 정토를 예토처럼 여기고 산다는 뜻입니다. 중생이 반야지혜의 정법을 터득하면, 당연히 정토에서 살 수 있습니다. 세상에는 예토를 정토로 만들어 사는 중생도 있고, 정토에서 예토처럼 사는 중생도 있습니다. 나아가 아주 예토에 전도된 생활을 하기도 하고, 정토 속에서 생활하는 중생도 있습니다. 중생의 인연에 따라 예토와 정토가 갈라지는 것입니다(반야경, 대35,8상).

모든 존재는 가치를 지니고 있습니다. 어떻게 쓰는가에 따라 그 가치가 달라질 뿐입니다. 겉과 속이 다른 사람에게 존재가치란, 온통 자신(집단)의 이익(목적)을 쟁취하기 위해 속내를 숨기는 기만뿐입니다. 기만은 사람들과 사회를 황폐하게 만듭니다. 기만을 알아채고 경계할 수 있는 지혜가 필요합니다. 나아가 자신이 겉 희고 속 검은 짓을 하면서도 스스로 자각하지 못하고 있는 사람을 다스릴 묘약을 찾아야 합니다. 회당대종사는 이렇게 말씀하십니다.

관조觀照하여 밖으로 고치려 하지 말고, 안에서 비추어 보아야 한다.

자타自他에 관계없이 먼저 안에서부터 밖으로 바루어야 한다는 말씀입니다. 내가 먼저 지혜를 밝혀 상대의 안과 밖을 바로 보고, 상대의 겉과 속이 조화를 이루도록 도와주어야 큰소리 내지 않고 문제를 해결할 수 있다는 뜻입니다. 아름다운 정토는 산 너머에 있는 것이 아니라, 지금 이곳에 있습니다. 정토를 예토로 여기고 사는 이유는 우리의 행위가 오작동하고 있기 때문입니다. 우리의 행위가 바르게 작동하면 예토도 정토가 됩니다. 예토와 정토에는 구별이 없습니다. 본래 청정한 마음이 제대로 작동하면, 겉 다르고 속 다른 사람이 설 자리가 없어지며 그곳이 정토가 됩니다. 그렇다면 묻겠습니다. 당신은 지금 어디에서 살고 있습니까? 그곳이 정토입니까, 아니면 예토입니까?

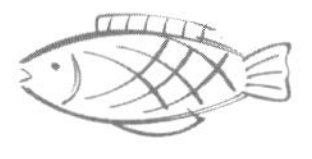

속이 허한 사람

세상살이가 원래 그렇다지만, 특히 요즈음 '명실名實' 이 '상부相符' 하지 못한 일들이 너무 많아 염려가 큽니다. 속이 허한 사람은 겉을 장식합니다. 속이 허하니 겉이라도 장식해야 살아가는 의미를 느낄 수 있나 봅니다. 살아남기 위한 본능적 행위일지 모르나, 경계해야 할 것은 순진한 사람들이 그 모습에 쉽게 현혹된다는 점입니다. 빈속을 감추기 위해 겉을 장식하는 보상심리는 그래서 세상을 어지럽게 할 수 있습니다. 허실虛實의 문제는 예나 지금이나 인간사회에서 늘 회자되는 화두입니다.

정학正學을 받들자고 내세우는 마음에는 이미 자랑하는 마음인 긍심矜心이 작용하고, 사설邪說을 배척하자는 주장의 속내에는 이기려는 마음인 승심勝心이 자리하여 있고, 세상을 구하는 인仁을 권유하는 마음 바탕에는 권세를 부리려는 마음인 권심權心이 꿈틀거리고, 자신을 보전하는 명철明哲을 들먹이는 까닭은 자기만 이로우려는 마음인 이심利心에서 비롯되고 있다. 네 가지 마음이 서로 뒤엉켜 참뜻은 나날이 사라지고, 천하는 온통 휩쓸려 나날이 '허虛'로 내닫는다(홍대용洪大容 1731~83, 의산문답醫山問答).

조선 후기의 실학자 홍대용이 세상살이에서 허위虛僞의 함정에 빠질 위험성이 있음을 스스로 경계한 글입니다. 일에 앞서 우선 긍심矜心, 승심勝心, 권심權心, 이심利心을 다스리려는 자기 수련의 경각警覺이 공감을 자아냅니다. 허위의 함정에 빠질 위험은 자기 참구參究의 수련이 부족한 곳에 늘 도사리고 있습니다. 인생의 의미를 안에서 터득하기보다 밖에서 채우려는 심리가 진실眞實에서 벗어나게 하여 허위의 늪으로 내모는 것입니다.

삶의 의미가 소유로 무게중심이 옮겨지면 공허감空虛感이 찾아오고, 소유욕과 공허감은 사슬처럼 번갈아가면서 지속적으로 삶의 윤기를 잃게 합니다. 소유욕에는 한이 없어서 채울 수가 없으며, 소유의 효용은 오래 가지 않기 때문입니다.

연꽃의 성품은 본래 염오染汚가 없다. 물에서 솟아나서 진흙을 여의고 꽃잎이 선명하게 활짝 필 때는 보는 자 누구나 다 환희한다. 여래의 때 없는 마음[식識]도 영원히 모든 습기習氣를 끊으면 청정한 지혜가 원명하게 난타난다. 이 지혜가 모든 현성賢聖이 귀취歸趣하는 곳이다(대8, 912상).

그렇습니다. 사람의 본성은 본래 청정한 연꽃처럼 맑고 깨끗합니다. 허위의 늪에 빠져 있더라도, 지금까지 세간에서 훈습薰習된 티끌을 여의면 보름달 같은 밝은 지혜를 드러낼 수 있습니다. 그리고 그 때, 모든 중생은 지혜를 귀의처로 하는 현성賢聖의 반열에 오를 수 있다고 경전은 설합니다.

'소문난 잔치 먹을 것이 없다'는 속언이 있습니다. 이름만큼 내용이 건실하지 못하다는 의미입니다. 이름에 비해 내용이 부실한 것을 두고 '유명무실有名無實'이라 합니다. 상품의 과대포장도 속이 부실한 사람이 만들어낸 부산물입니다. 속이 부실한 사람이 자신을 과대포장 하면, 스스로도 허해지고, 사회도 비례하여 부실해집니다. 한때 가짜학력이 사회를 어지럽게 한 적이 있습니다. 그렇다면 진짜학력에는 문제가 없습니까? 학력에 버금가는 실력을 갖추지 못했다면, 그 또한 실학實學 아닌 허학虛學에 불과합니다. 앞의 홍대용의 말 하나만으로도, 과연 이 세상에 허학 아닌 실학이 얼마나 될까 하는 의문이 들기도 합니다. 스스로 나서서 자기의 학문이 허학이라 할 이가 몇이나 있겠습니까. 어디 학력만 그렇겠습니까? 겉[명名]과 속[실實]의 문제는 늘 우리를 긴장하게 합니다. 세상에 그 많은 이름들, 그 이름에 걸맞는 덕과 학문을 갖추지 못하고서도 그 이름을 유지하기 위하여 마음 쓰는 사람들이 많습니다. 이 근저에는 자신을 포장하여 드러내고 싶은 세속적 욕망이 자리하고 있는데, 이를 다스릴 줄 아는 사람이 수행자이고 인격을 갖춘 속이 찬 사람입니다.

우울한 이야기지만, 속이 찬 사람보다 겉포장에 골몰하는 사람들이 세상에 더 많은 것 같습니다. 겉포장의 이면에는 겉모습에 장단을 맞추는 세상 사람들의 성향도 한몫 하고 있습니다.

경전에 통달한 스님이 남루한 옷을 입고 길을 걷다가, 큰 잔치를 치르는 한 절집에 이르렀다. 절집에 들어가려 하자 문지기가 가로막았다. 스님이 좋은 옷으로 갈아입고 다시 갔더니, 문지기가 공손하게 예를 갖추면서 자리를 안내하였다. 음식상을 받은 스님이 갑자기 옷에 음식을 바르기 시작하였다. 대중들이 괴히 여겨 그 까닭을 물었다. 옷이 초대를 받았기 때문에 내가 아니라 옷이 음식을 먹어야 한다는 대답이 돌아 왔다(대지도론大智度論).

겉모습을 보고 평가하는 세태를 풍자한 오래된 이야기입니다만, 지금도 한 번쯤은 겪을 수 있는 예입니다. 같은 값이면 다홍치마라는 말이 있듯이, 속이 실하다면 그에 걸맞게 겉을 장식하는 것은 좋습니다. '겉볼안' 이란 말도 있습니다만, 보기 좋은 겉만큼 속도 알차야 그 말이 유효합니다. 그래서 현대사회에서는 디자인을 중요하게 여깁니다만, 아무래도 속 내용보다는 겉을 더 중요하게 다루는 심리는 세상을 어지럽게 만듭니다.

농장보다 집을 크게 지으면 쇠한다.

회당대종사의 이 말씀을 음미해 보십시오. 집안 살림에서 농

©김동근

장이 근본이라면 집은 지엽에 해당합니다. 뿌리가 튼튼하지 않는 나무에 지엽이 무성하면 말라비틀어지고 맙니다. 내실 없이 허명虛名만 높이면 오래 가지 못합니다. 큰 것, 유명한 것에 마음 쏠리는 현 세태에 대해 오상고절傲霜孤節만을 칭송하는 것은 아닙니다. 드러난 만큼 속을 채우면 좋겠다는 바람입니다. 향기 없는 꽃에는 벌 나비가 찾지 않습니다. 겉을 화려하게 꾸미는 만큼 내면도 충실해야만 사람 마음이 오래 오래 머물러 아끼고 사랑합니다.

드러난 상벌보다 보이지 아니하는 화복이 크며, 사람이 칭찬하는 것보다 진리의 복덕성이 크다.

회당대종사는 한결같이 말씀하십니다. 말없이 오래 쌓아 놓은 공덕의 힘[진리의 복덕성]은 항상 사람의 칭찬 저 너머에 자리하고 있습니다. 모두가 겉모습 가꾸기에 앞서 스스로 내면의 연꽃을 보름달처럼 피워 무량한 공덕 탑을 짓기를 바랍니다.

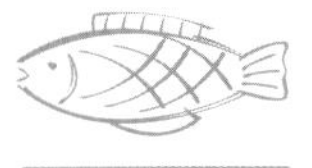

인생은 선택이다

대중가요는 당대의 애환을 담아 대중의 마음을 달랩니다. 70년대 산업화시대에 서민대중의 심정을 대변하던 노래가 있었습니다.

이리가면 고향이요 저리가면 타향인데
이정표 없는 거리 헤매 도는 삼거리길
이리 갈까 저리 갈까 차라리 돌아갈까
세 갈래길 삼거리에 비가 내린다.

전북 남원 · 전남 구례 · 경남 함양으로 갈라지는 삼거리가 있는 지리산 뱀사골을 무대로, 산업화 과정에서 혼란스러워진 사회적 정체성을 빗대어 지은 노랫말이라 합니다. 어디 뱀사골뿐일까요. 길을 가다보면 삼거리, 사거리 심지어 오거리까지도 만날 수 있습니다. 아는 길이라면 몰라도, 생전 처음 간 곳이라면 대중가요 가사처럼, 이리 갈까 저리 갈까 차라리 돌아갈까? 하고 망설이기 마련입니다. 인생길에서도 그러합니다. 인생은 선택의 연속이며, 삶의 과정에는 늘 선택의 기로岐路가 있습니다. 선택에 따라서 인생의 행로가 달라지고, 삶의 모양이 바뀌기도 합니다. 익숙한 일이라면 주저하지 않고 선택할 수 있겠지만, 처음 대하는 것에는 망설임이 따릅니다.

그 때 아설시阿說示[마승馬勝, Assaji]라는 한 비구가 성내에서 걸식하고 있었다. 사리불舍利弗[Śāriputra]이 위의威儀가 단정하고 용모가 특출한 그의 모습을 보고 물었다. "당신은 누구의 제자이며 스승이 어떠한 분입니까?" 아설시가 대답했다. "석가족의 태자로서 생로병사를 해탈하기 위하여 출가하고 도道를 닦아 최고의 깨달음을 얻은 분이 나의 스승입니다." 사리불이 청하였다. "그 스승의 가르침을 나에게 말씀해 주시겠습니까?" 아설시가 즉시 게송으로 답하였다. "내가 어릴 때부터 나날이 배움을 익혀 왔지만 아직 얕으니 어찌 널리 진실에 닿도록 여래의 뜻을 설할 수 있겠습니까?" 사리불이 다시 청했다. "그러하다면 요지만이라도 말씀해 주십시오!" 아설시가 게송으로 답하였다. "모든 법은 인연으로 일어난다. 이 법은 인연의 설이다. 모든 법은 인연이 다하면 멸한다. 큰 스승님은 이와 같이 설하였소." 사리불은 이 게송만 듣고 초법명도初法明道(처음 불성이 밝아지는 경지)를 얻고, 즉시 목련目連을 찾아갔다. 목련은 사리불의 안색이 어느 때보다 평화롭고 희열에 차있는 것을 보고, "감로미라도 얻었소?"라며 반갑게 맞았다. 목련은 사리불이 들어 읊은 법문을 두 번만 듣고 역시 초도初道를 얻었다. 그리고 두 사람은 제자 250명을 이끌고 부처님 처소를 찾았다. 부처님이 두 사람과 그 제자들이 오는 모습을 보고 비구들에게 말하였다(대지도론大智度論, 대25,136중).

부처님의 10대제자인 사리불과 목련이 부처님께 귀의하는 계기를 밝히는 내용입니다. 본래 두 사람은 마가다국 수도 왕사성의 교외에서 회의론懷疑論을 펴고 있던 산자야Sañjaya의 제자였습니다. 산자야는, 인간의 인식이란 주관적이고 상대적이라고 보고 진리의 절대성을 의심하여 궁극적인 판단을 하지 않으려는 불가지론자不可知論者였기에, 아마 사리불과 목련은 진리에 대하여 갈증을 느끼고 있었을지 모릅니다. 그러던 중 우연하게도 아설시 존자의 품행에 이끌려서 '연기설緣起說'을 접하게 되었고, 결국 부처님의 제자가 되었습니다. 선택의 기로에서 옳은 판단을 함으로써 새로운 인생길을 만나게 된 것입니다.

인생길은 아침부터 잠자리에 들기까지 선택의 연속입니다. 선택에는 콧노래를 부르며 즐겁게 하는 것이 있는가 하면, 가슴을 조이며 해야만 하는 것도 있습니다. 흔히 인생의 여정에서 세 가지 중요한 선택이 있다고 말합니다. 첫째가 직업의 선택입니다. 직업은 생존과 관계가 있습니다. 사람들은 직업을 통하여 삶의 의미를 실현해 나갑니다. 직업과 관련된 치열한 입시경쟁 과정 또한 이 선택 속에 포함시킬 수 있습니다. 둘째가 배우자의 선택입니다. 배우자는 개인의 행복은 물론 인류의 존망과도 관련되어 있습니다. 첫 번째 선택 사항인 직업이 배우자의 선택 과정에서도 중요한 역할을 합니다. 마지막으로 가치관의 선택입니다. 인생의 가치를 어디에 두는가에 따라서 삶의 모습은 달라집니다. 직업과 배우자의 선택도 결국은 가치관에 의해서 정해집니다. 가치관의 선택이 가장 기본이라는 말입니다. 위의 세 가지

©김동규

는 결코 쉬운 선택이 아닙니다. 하지만 선택이란 피할 수 없는 길목에 항상 나타납니다. 선택 자체가 인생이기 때문입니다. 흔히 인생을 주어진 것이라고 말하지만, 인생은 선택입니다. 지금의 내 인생은 과거에 내가 선택한 삶의 결과입니다. 선택이 어렵습니까? 회당대종사는 일상생활의 실천에서 벼리[강綱]가 되는 네 가지 덕목을 설하시면서 선택에 관해 이렇게 말씀하십니다.

셋째는 생활취사이니 공사公私 생활의 모든 일에 선악 시비 선후 본말을 취사하여 행할지라.

선악善惡, 시비是非, 선후先後, 본말本末을 취사선택의 기준으로 삼으라는 뜻입니다. 사람들은 보통 적성適性과 호오好惡에 의해 무언가를 선택하곤 합니다. 자신이 잘 할 수 있는 것 또는 좋아하는 것을 우선 택하는 편입니다. 반면에 잘 할 수 없는 것, 싫어하는 것은 대체로 피하고 봅니다. 적성과 호오를 우선하더라도, 선한지 악한지, 옳은지 그른지, 먼저 할 일인지 뒤에 할 일인지, 근본적인지 지말적인지를 가름하는 선악시비와 선후본말의 기준에도 비추어 보아야 합니다. 항상 완벽한 선택을 할 수는 없습니다만, 선택에는 책임이 따릅니다. 그래서 선택한 다음이 더 중요합니다.

자신의 선택이 마음에 들지 않습니까? 그 선택이 후회스러울 만큼 힘드십니까? 이미 늦었습니다. 다시 선택의 순간이 왔습니다. 후회하고 괴로워하며 살아갈 것인가 아니면 자신의 선택을 수용하여 최선을 다하면서 살아갈 것인가 하는 기로입니다. 인간의 심성은 청정하여서 무엇이든 할 수 있는 '깨달음의 마음[보리심菩提心]'이 잠재해 있습니다. 따라서 인생길에서 만나는 여러 선택의 기본인 가치관 선택 과정에서 인간본성은 청정하다는 신념과 함께 보리심이라는 가치관을 택하면, 폭 넓고 바른 선택을 할 수 있으며 무엇을 선택하든 최상의 결과를 맺을 수 있습니다. 물질적 풍요 속에서 가치관이 혼란스러운 시대입니다. 모든 대중들이 청정심을 통하여 밝은 선택을 하기를 서원합니다.

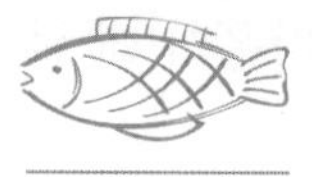

소유所有와 사유私有

기회는 많았지만 내키지 않아 미루어 두었던 미국 방문, 가지 않을 수 없는 여건 때문에 실행에 옮겼습니다. 아메리칸 드림의 열기가 식어가고 있다지만, 한때 많은 이들이 선망하던 나라 미국에 도착하고 보니 새삼 이 나라에 대한 궁금증이 생겼습니다. 하지만 일정까지 짧으니 주마간산격走馬看山格으로 몇 지역만 둘러볼 수밖에 없었습니다. 미국 땅이 워낙 너르지 아니한가요? 한 도시의 한 지역만 보고 미국을 다 본 것처럼 말하는 것은 장님이 코끼리 만지는 격입니다. 미국에 대한 사전 지식도 풍부하지 않으며, 가이드의 단편적이고 검증되지 않은(?) 설명만으로는 넓고 다양한 현상을 이해하기에는 당연히 한계가 있었습니다. 시야에 들어오는 광경에 대한 극히 주관적인 느낌과 현지동포들과의 대화를 통해 미국의 속 모습을 대략 짐작할 수 있었지만, 말 그대로 '미국을 간 본 것' 에 지나지 않았습니다. 호기심은 커져 갔지만, 일정상 보이는 대로 보고 느낀 감정을 진솔하게 받아들이기로 했습니다. 그에 대한 진위眞僞나 이면裏面의 뜻은 차차 음미하기로 하고요.

미국이 넓은 국토, 장엄한 자연 환경, 다양한 인종으로 구성되어 있음은 쉽게 확인할 수 있었습니다. 그러나 첨단 과학문명과 물질적 풍요, 높은 삶의 질로 대변되는 나라라는 사전정보와는 달리 무엇인가 석연치 않은 면도 자주 눈에 들어왔습니다. 사람 사는 곳이 다 그러하려니 하다가도, 길거리에서 쉽게 모습을 보이는 부랑자들과 심각하게 느껴지는 비만자들이 좀 아연했습니다. 그 중 특히 미국인들의 비만 정도는 매우 심각하게 보였습니다. 물질문명이 인간의 탐심을 부추겨 얻는 것이라면, 거리에 넘쳐나는 비만자들은 마치 탐욕의 상징처럼 보였습니다. 식습관과도 깊은 관련이 있겠지만, 그들의 심저心底에 깔려 있는 탐욕이 빚어낸 부작용 때문이 아닌가하는 생각이 들었습니다.

인간의 욕망은 스스로 순수한 힘(에너지)이기에, 어떻게 발휘되어 쓰이는가에 따라서 결과가 달라집니다. 그런데 탐욕을 부추겨 물질적 부를 축적하는 나라 미국은 탐욕을 다스리는 또 다른 에너지를 지니고 있었습니다. 가히 물질문명의 대명사라 할 수 있는 미국이 욕망이라는 거대한 쓰나미에 휩쓸리지 않고, 지속적인 성장을 할 수 있는 배경에는 그들의 특별한 소유개념이 있었습니다. 그들은 대체로 소유를 '영원한 내 것으로 하는 것[사유私有]'이 아닌 '내가 잠시 관리하는 것'으로 여기고 있었습니다. 공공의 재물을 잠시 사유私有하다가 상속하지 않고 다시 사회에 돌려주는 것[공유共有]이 소유라는 개념은 생활화 되어 있었으며, 축적보다 사용에 무게를 두고 있었습니다. 바로 이러한 미국의 보편적 소유의식이 탐욕을 정화하여 지속적인 성장을 가능하게 하는 기제가 아닐까 하는 생각이 들었습니다.

그래서 미국의 기부문화를 이해할 것 같습니다. 우리에게 기부라 하면 남들에게 칭송받는 특별한 행위라는 인식이 있습니다. 미국인들의 기부에 대한 인식은 이와 좀 달랐습니다. 내가 관리하던 재물을 더 값지게 쓰일 곳으로 돌려주는 것으로서 특별한 것이 아닌 지극히 당연하고 보편적인 행위로 생각하는 것 같았습니다. 왜 미국인들은 이러한 소유 개념을 가지게 되었을까요? 아마도 다민족사회라는 사회구조에서 그 배경을 찾을 수 있을 것 같습니다. 지역적 배경을 가진 씨족공동체의 역사를 가진 우리나라는 혈연적 소유(사유私有) 개념이 유달리 강하게 작용하는 편입니다. 반면에 미국은 처음부터 다인종 공동체사회를 이루면서, 개인[사私]보다는 전체[공公]를 중시하는 의식이 형성되어 왔습니다. 개인이 살아남기 위해서는 공공의 질서가 반드시 필요하다는 사실을 자각했기 때문입니다. 따라서 공공의 질서유지를 공동체 발전과 유지의 근간根幹으로 여기게 되었으며, 그 인식을 바탕으로 공적인 계약 인식이 뿌리 깊게 박히게 되었습니다. 공공의 계약 인식은 곧 신용사회의 바탕입니다. 미국인들은 신용을 매우 중요한 가치로 여김으로써 삶의 초점이 신용도 상승에 맞추어져 있습니다. 경제활동 또한 모으는 것(축적)보다 쓰는 것(사용)에 비중을 두고 있기 때문에, 공공질서와 신용사회에 반하는 개인은 강력한 제재를 받아야 한다는 사회적 인식이 형성되어 있습니다. 지극히 개인주의적 나라이지만, 개인의 권익을 보장하는 공공제도와 법률이 가장 강하게 작용하고 있는 나라가 미국인 것입니다.

이와는 달리, 우리나라에서는 사회 전체를 아우르는 공공에 대한 개념이 대체로 부족한 편입니다. '정情' 같은 심리적 유대감에 의존하는 씨족공동체 사회의 특성이 객관적이고 공공적인 법과 제도보다 정을 우선하는 경우도 있습니다. 어느 것이 옳고 그르다고 판정하기는 쉽지 않습니다. 모든 국가에는 고유의 관습이 있고, 구조적 장단점이 있기 때문입니다. 장단점을 구분하기보다는 서로 배우고 보완하여 더 좋은 사회를 만드는 것이 중요합니다.

자유민주주의국가의 상징이자 풍요의 대명사인 미국에도 요즘 고민이 많은 것 같습니다. 날로 빈부의 격차가 극심해지고, 사회적 범죄가 만연하고 있기 때문입니다. 이런 현상은 개인의 심성과 능력이 그 요인으로 작용하겠지만, 근본적으로는 국민들의 보편적 심리상태가 가장 큰 요인인 것으로 보입니다. 세계에서 물질문명이 가장 발달된 나라, 편리한 생활은 보장되지만 물질이 심리적 공허감까지 채워줄 수는 없습니다. 엄격한 공공제도가 개인의 생활을 보호하고 있다지만, 심리적 유대감 형성까지 책임지지는 못합니다. 미국사회에서 발생하고 있는 많은 사회적 문제는 심리적 공허감과 인간적 유대감의 결핍에 의해 야기되는 것으로 보입니다.

불안한 것은, 이러한 미국적 병폐가 어느새 우리나라에서도 만연하고 있다는 점입니다. 물질문명의 발달에 따라 이미 씨족 공동체 특유의 유대감은 사라지고, 개개인의 가치관이 물질 쪽으로 편향되어 가고 있습니다. 더 심려가 되는 것은 인간적 유대감 결여 속도는 빨라지고 있는 반면, 공적인 계약 인식은 아직 미흡하다는 점입니다. 이를 해결할 방법은 없는 걸까요?

물질 일어나는 때는 탐진치도 일어나고, 탐진치가 치성하면 성품은 곧 어두워서 일체 병폐가 생긴다.

회당대종사는 일찍이 이 말씀을 통하여, 물질시대에는 탐진치를 다스릴 수 있는 성품, 즉 청정한 심성을 풍성하게 하여야 물질적 탐욕에 의해 메말라가는 마음을 윤택하게 할 수 있다고 강조하셨습니다. 개인의 자유와 공공의 이익, 끈끈한 인간적 유대감이 함께 하는 정토 건설. 누가 맡겠습니까? 바로 우리 모두입니다. 우리의 심성이 청정할 때 세상 또한 청정해집니다.

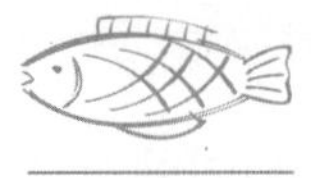

주인 노릇 종 버릇

부처님이 탁발을 하던 중, 진지하게 육방六方예배를 하는 청년을 만났습니다. 한참동안 그를 지켜보다가, 예배를 마친 청년에게 왜 육방예배를 하느냐고 물었습니다. 그는 돌아가신 부친의 유언에 따라 열심히 예배하고 있지만, 그 뜻은 알지 못한다고 했습니다. 청년의 진지함을 기특하게 여긴 부처님은 육방예배의 의미를 자상하게 일러주면서 그 중 하나인 하방下方에 대해 이렇게 설하였습니다.

주인은 노비사인奴婢使人에게 다섯 가지로써 다스려야 한다. 첫째, 능력에 따라 일을 시킬 것. 둘째, 제때에 먹을 것을 제공할 것. 셋째,

적절한 휴식시간을 줄 것. 넷째, 병이 들면 의약으로 치료해 줄 것. 다섯째, 지나치게 벌을 주거나 가진 것을 빼앗지 않을 것이 노비에게 지켜야 할 일이다. 또한 노비사인도 주인에게 다섯 가지로써 섬겨야 한다. 첫째 일찍 일어날 것. 둘째 열심히 일할 것. 셋째 주지 않는 것은 취하지 않을 것. 넷째 주어진 일을 절도 있게 잘 처리할 것. 다섯째 항상 주인을 보필하고 칭탄稱歎하여 이름이 더 높게 할 것. 이것들이 노비가 주인에게 지켜야 할 덕목이다(육방예경, 대1,251중).

경전의 번역본에 따라 약간의 차이는 있겠지만, 주인과 종의 도리를 밝힌 것이 그 내용입니다. 지금시대에 주인과 종의 관계란 가당치도 않으니, 이 말씀이 우리에게 유효하지 않을까요? 그렇지 않습니다. 삶을 살아가는 사람 마음속에도 주인과 종이 있습니다. 스스로 자각하지 못하는 가운데 주인으로 사는 사람이 있는가 하면, 종으로 살아가는 사람도 있는 것입니다. 이 경우, 주인과 종은 다름 아닌 자기 자신의 삶에 대한 자세요, 심리상태입니다. 그렇다면 당신은 인생에서 주인으로 살겠습니까, 아니면 종으로 살겠습니까? 당연히 주인노릇하면서 살고 싶을 것입니다. 그렇다면 다음과 같은 요건이 필요합니다.

주인 노릇을 하면서 살아가는 데 꼭 갖추어야 할 요건은 자주적인 사고입니다. 종의 바탕에는 수동적이고 의뢰적인 자세가 깔려 있습니다. 주인은 자주적으로 일을 하고 그 결과에 책임을 집니다. 종은 남의 뜻에 따라 일을 하고 책임을 남에게 미룹니다. 주인은 환경과 여건을 자기에 맞추어 긍정적으로 바꾸어 가지만, 종은 환경과 여건에 끌려 다니며 거기에 맞추어 제 삶을 바꾸기도 합니다. 주인은 어떠한 환경과 여건을 만나도 거리낌 없이 살아가지만, 종은 환경과 여건에 휘둘리어 늘 삶이 불안합니다. 주인은 주위 환경을 주도적으로 수용할 수 있기 때문에 무슨 일이든지 자신 있게 처리합니다. 반면에 종은 환경에 따라가며 항시 주위의 눈치를 봅니다. 주인은 삶에 보람을 느끼며 고맙게 여기지만, 종은 인생살이를 고달파하며 불평불만만 늘어놓습니다. 주인은 자기인생을 책임지지만, 종은 자신의 불우한 삶을 남의 탓으로 돌립니다. 세상에는 이처럼 자기 인생에서 주인인 사람이 있는가 하면, 종인 사람도 많습니다. 삶을 자주적으로 부리면 주인으로 살 수 있고, 수동적이고 의존적인 삶을 살면 종으로 살 수 밖에 없습니다.

소유所有를 부리면서 사는 사람이 있는가 하면, 소유의 종이 되어 살아가는 사람도 있습니다. 인격과 품위를 소중하게 여기면 삶의 주인이 되지만, 소유한 것으로 자기를 내보이면 종이 되고 맙니다. 마음이 청정한 사람은 자기 삶의 주인 노릇을 할 수 있지만, 탐진치 번뇌에 쌓인 사람은 종노릇을 자처합니다. 종은 이익의 대소에 따라 움직이고, 주인은 이익에서 선의 의미를 찾아냅니다. 주인은 작은 것에서도 가치를 찾아 행복하게 살지만, 종은 가지면 가질수록 더욱 가지려는 욕구 때문에 삶이 늘 불만스럽습니다. 이것이 주인과 종의 관계에 대한 현대적인 해석입니다.

스스로 종이 되고자 하는 사람은 없습니다. 또한 태어날 때부터 주인과 종으로 정해지지도 않습니다. 살아가는 자세에 따라서 주인과 종의 역할이 정해지는 것입니다. 그런 의미에서 본다면, 오늘날의 사회가 마치 종의 세상 같기도 합니다. 그 상징적인 현상이 여론의 종입니다. 여론이 순기능을 발휘하려면 국민이 그의 주인이 되어야 합니다. 여론의 주인노릇을 제대로 하려면 선동 또는 제 감정적 취향에 의해 부화뇌동하지 않아야 합니다. 세간적 이익을 위한 선동에 따라 형성되는 여론은 헛소문이요 조작일 뿐입니다. 헛소문과 조작된 여론은 세상을 그의 종으로 만듭니다. 한 사건을 두고 세간에서 여론이 비등하더라도, 사실적 근거를 확보할 때까지는 당분간 입 다물고 생각하는 여유를 가져야만 여론의 주인이 될 수 있습니다. 휘둘리거나 의도적으로 부풀리는 것은 스스로 여론의 종이 되기를 선언하는 것과 같습니다. 종 버릇을 버리지 못하는 사람이 많으면, 여론은 역기능을 합니다.

그렇다면 누가 여론의 종노릇을 자처하고 있을까요? 더 많이 취하려는 환상(탐진치 · 번뇌)에 젖어, 이익이 된다면 정사正邪를 가리지 않고 무슨 일이든지 서슴지 않고 하는 사람들입니다. 더불어 그들의 장단에 부화뇌동하여 줏대 없는 언행을 일삼는 사람들입니다.

불법佛法은 심법心法이니 마음 가운데 자율이 서게 되면 세상의 모든 법을 행하기 쉽다. 나에게 있는 주인공인 자성법신은 육행만 행하게 되면 나를 크게 도와준다(실행론, 3-6-4다).

회당대종사는 주인공인 마음에 자율을 세우고 살면 인생의

주인이 되어 세상살이를 쉽게 할 수 있고 자연히 진리의 도움을 받게 된다고 하십니다. 이어 삶에서 주인이 되는 요건을 다름 아닌 자주성이라 하셨습니다.

우리는 의식주를 떠나는 것이 아니라, 참으로 의식주를 완전하게 하며 그 근본이 되는 진리를 세운다. (중략) 나에게 유익한 것을 좋아하면서 참으로 유익한 길을 모른다. 참으로 유익한 길을 알아야 한다. (중략) 의뢰가 병이 되는 것을 알아서 의뢰하는 정신을 버리고 자주로 나아가야 한다(실행론, 4-1-16나).

세상 사람들이 이리저리 이익을 쫓아 다니지만, 참으로 이로운 길을 모르는 것 같아 안타깝습니다. 진정한 이익을 얻는 길은 주인으로서 자주적인 생활을 하는데 있습니다. 의존적이고 수동적인 종 버릇으로는 참으로 이로운 생활을 할 수 없습니다. 집안에 주인이 제자리를 지키면 종과 객이 함부로 설치지 못합니다. 주인이 정신을 팔면 종과 객이 집안을 엉망으로 만들어놓습니다. '주인은 며칠을 굶어도 배가 고프지 않지만, 종은 밥 먹고 돌아서면 즉시 배고픔을 느낀다' 는 말이 있습니다. 언제든지 밥을 먹을 수 있는 주인과 눈치를 봐 가면서 먹을 수밖에 없는 종의 버릇을 들어 자주적인 삶과 수동적인 삶의 차이를 은유한 말입니다.

햇살이 도타운 날은 햇볕을 즐기고, 파란 하늘에 산들바람이 부는 날은 산들바람을 느껴야 합니다. 바람 부는 날은 바람을 맞아야 하고, 비 오는 날은 비를 맞으며 걸어야 합니다. 주어진 여건을 피하거나 당당하게 맞서 제 것으로 취하는 자세, 이것이 바로 자유자재하게 삶을 누리는 주인의 자세입니다. 주인 노릇을 제대로 하려면 종 버릇부터 버려야 합니다. 아니 주인 노릇을 제대로 하면 종 버릇은 없어집니다.

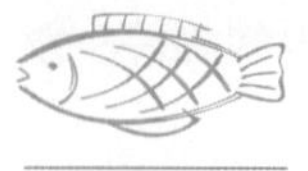

남이 보이는가?

춘추시대 제齊나라에서 일어난 일입니다. 대낮에 한 사람이 시장에서 물건을 훔쳤습니다. 그를 본 사람이 꾸짖었습니다.

"벌건 대낮에 어찌 남의 것을 훔치는가?"

그러자 그는 이렇게 대답합니다.

"금품을 훔치는 사람에게 어찌 남이 보이겠소[확금자불견인(攫金者不見人]?"

'금품을 훔칠 때는 사람이 보이지 않는다[취금지시불견인取金之時不見人].' 라 표현되기도 하는 이 이야기는 『열자列子』〈설부편說符篇〉에 실려 전합니다. 눈앞의 이익을 탐할 때는 아무것도 눈에 들어

오지 않는다는 사실을 경계하는 말입니다. 욕심 많은 사람이 목전의 이익에 빠지게 되면, 남의 눈 따위는 신경 쓸 겨를이 없습니다. 오직 취하려는 물건에만 정신이 팔리기 때문입니다. 하지만 이렇게 사욕에 집착하는 사람은 결국 더 큰 것을 잃게 됩니다. 중국의 남송 때의 임제종臨濟宗 선승禪僧 허당지우虛堂智愚(1185~1269) 스님은 그의 법어록 『허당록虛堂錄』에서 이렇게 설합니다.

사슴을 잡으려 쫓는 사람은 산을 보지 못한다[축록자불견산逐鹿者不見山].

눈앞의 이익이나 명예에 매달리면 바른 도리나 주변의 위험 등을 제대로 살피지 못하여, 큰 것을 놓칠 뿐만 아니라 작은 것도 얻지 못합니다. 그런데도 중생들은 망심妄心 때문에 늘 이런 어리석음을 저지릅니다. 항상 남이 보이는 자의 삶은 실로 떳떳하고 멋지며 큰 삶입니다.

우리 자신을 되돌아볼 때가 된 것 같습니다. 과연 무엇을 챙기려고 골몰하고 있는지, 곁에 있는 사람이 진정 보이기는 하는

지, 그래서 무엇을 얻고 무엇을 잃고 있는지를 말입니다. 설마 하니, 두 눈 뜨고 자기 옆에 있는 사람을 보지 못하는 사람이 있겠습니까? 보이기는 하지만 안중에는 없다는 뜻입니다. 옆 사람의 존재는 내 의식 중에는 자리하지 않으며, 나만 잘 살면 남은 어찌 되든 상관없다는 심리입니다. 그러나 세상은 넓고 사람은 많습니다. 내 것만 챙기려 한다고 해서 그렇게 되지도 않습니다. 오히려 세상도 바라볼 줄 알고 옆 사람도 돌아볼 줄 알아야 마음이 넉넉해집니다.

넓은 숲에 사자와 호랑이가 살았다. 숲속엔 역한 냄새가 진동했는데, 그들이 짐승을 잡아먹고 버린 찌꺼기가 썩기 때문이었다. 참다못한 나무 신神이 산신山神을 찾아가서 사자와 호랑이를 숲에서 쫓아내자고 했다. 그들을 숲에서 내몰면 안심하고 살 수 없게 되니, 좀 귀찮더라도 함께 살자고 산신은 나무 신을 타일렀다. 그러나 나무 신은 산신의 말을 무시하고 기어이 그들을 숲에서 몰아냈다. 그러자 산 밑의 사람들이 몰려와서 많은 나무를 잘라갔으며, 숲은 황량하게 되었다(본생경本生, 경272).

걸리적거리는 사자와 호랑이를 내쳤더니, 숲이 생명을 잃고 말았습니다. 모든 생명은 크든 작든 서로 부대끼면서 살아가야 한다는 진리를 나무 신이 깜빡했나 봅니다. 그렇습니다. 모든 생명은 부대끼면서 갈고[마磨] 채운 톱니를 맞추어 조화를 이루고, 서로 주고받으면서 아름다운 세상을 펼쳐나가기 마련입니다. 오로지 내 것에만 집착하면 세상은 조화와 아름다움을 잃게 됩니다. 그런 즉, 세상의 조화에 문제가 생기면 먼저 우리 안부터 살펴보아야 합니다.

산 위에서 내려다보이는 넓은 들판은 참으로 아름답습니다. 그러나 그중에 자기 논이 있으면 들의 아름다움을 제대로 보지 못한다는 말이 있습니다. 내 것에만 집착하니 다른 것이 눈에 제대로 들어올 리 있겠습니까. 내 것, 아니 내 것이라는 집착이 늘 문제를 일으키고, 세상을 시끄럽게 합니다. 내 것에 집착하는 아집我執은 이렇게 세상의 조화를 깨트립니다. 집단적 아집이 세상을 휘저으면 더 큰 혼란이 야기됩니다. 개인적 아집보다 힘이 센 데다가 공공을 볼모로 대중의 탐욕을 부추기는 특성 때문에 빠져들기 훨씬 쉽기 때문입니다. 집단 아집의 교언설巧言說에 말려

들면 공공의 안위가 위태로워지고, 결국 자신도 위험에 휩싸입니다. 그러나 더욱 난감한 것은 집단 아집의 폐해를 알면서도 자신이 그 늪에 빠져들었다는 사실을 쉽게 깨닫지 못하는 사람들이 많다는 점입니다. 내 논이 아니라 들의 아름다움을 보려는 노력을 하지 않는 한, 이 집단 아집의 허상虛想에서 벗어나긴 어렵습니다. 모두가 잘 사는 사회를 만들려면 어떻게 해야 할까요? 그 해답은 회당대종사의 다음 말씀을 내증內證해야 합니다.

공公의 이익을 존중하면 사私의 이익은 자연히 따르게 된다. 현실로써 사私에 의지하지 말고 진리로써 공公에 임해야 이루어진다(실행론, 4.3.5가).

들 전체가 아름다우면 나의 논도 분명히 아름다울 수밖에 없습니다. 내 논[현실, 사私]에서 잠깐 시선을 돌려, 더 넓은 들[진리眞理, 공公]을 볼 줄 아는 심성이 있어야만 내 논의 아름다움을 제대로 볼 수 있습니다. 들판의 그 멋진 풍경 속에는 내 논도 함께 있기 때문입니다. 전체를 보는 안목을 가지는 것이 쉽지 않다고요? 회당대종사님의 다음 말씀을 기억하십시오.

개인의 작은 힘보다 공公의 큰 힘으로 성공하기 쉽고, 현실적 실리보다 진리로 크게 성공하기 쉽다(실행론, 4.3.5나).

이 이치를 심중에 다지면 전체를 보는 마음이 생깁니다. 넓은 들판 전체가 황금물결을 이루면, 내 논도 황금물결을 이루게 됩니다. 지금 내가 쥔 것에서 자유로워지면, 더 많은 것이 눈에 들어옵니다.

흔히 무례한 행위를 하거나 어처구니없는 일을 저지르는 사람에게 '보이는 게 없나?' 라 표현을 합니다. 무수히 오가는 사람들을 생각한다면, 벌건 대낮에 어찌 남의 물건을 훔칠 생각을 하겠습니까? 나와 내 것이 생각나면, 그와 그의 것도 함께 염두에 두어야 합니다. 그래야만 '보이는 게 없는 사람' 이 아니라 '보이는 사람' 이 됩니다. 산은 보지 못하고[불견산不見山] 오로지 사슴 쫓는 일에만 골몰하는 사람[축록자逐鹿者]이 세상을 어지럽히더라도 너무 불안해하지는 마십시오. 스스로 '남이 보이는 사람' 이 되면 됩니다. 그런 사람이 더 많아지면, 세상은 밝고 희망적일 것이고요.

그래도 살아 있다

요즘 들어 부쩍 인생살이를 조언하는 책들이 유난히 많이 쏟아져 나오는 것 같습니다. 인생의 멘토(조언자)로서 유명세를 타는 사람들도 많아졌습니다. 제시하는 길도 참 다양합니다. 하긴 복잡다난한 인생길, 어디 한 길로만 인도할 수 있겠습니까. 이에 편승하여, 세상을 즐겁게 사는 보편적인 길 하나 알려 드릴까 합니다. 간단합니다. 지금 당장 할 수 있는 일을 열심히 하는 것입니다.

삼미제三彌提[Samiddhi] 존자가 왕사성에서 온천욕을 즐긴 후였습니다. 한 천신天神이 '발지라제게跋地羅帝偈'를 알고 있느냐고 물었습니다. 존자가 모른다고 대답하자, 그는 발지라제게는 "법

法과 이치가 있고, 바른길의 근본이 되며, 지혜와 깨달음 그리고 열반에 이르게 한다. 족성族姓(좋은 가문)의 사람으로서 신심이 있어 출가하여 도를 닦는 자는 마땅히 이 게송을 잘 수지 독송해야 한다."면서 부처님께 여쭈어서 수지할 것을 권유하였습니다. 천신의 말을 미루어 보면, '발지라제게'는 당시 삶에 꼭 필요한 좌우명처럼 널리 회자하던 게송이 아닌가 합니다.

'발지라제[Bhaddekaratta]'는 '현선일야賢善一夜' 혹은 '일야현선一夜賢善' 등으로도 번역되는 게송입니다. Bhaddekaratta는 bhadda[길조吉兆], eka[일一], 그리고 ratta[야夜]의 복합어입니다. '나날이 안락하게 사는 말씀'이란 뜻으로 이해해도 좋습니다. 어쨌든 이 말을 들은 삼미제 존자가 부처님께 전후 사정을 말씀드리고, '일야현선一夜賢善'의 게송을 여쭈었습니다. 부처님은 그 천신의 이름은 정전正殿이며, 삼십三十 삼천三天의 장군이라고 설명한 후, 모든 비구를 위해 게송을 설하였습니다.

부디 과거를 생각지 말고, 또한 미래를 바라지도 말라.
과거의 일은 이미 사라졌고, 미래는 아직 이르지 않았으니
현재 있는 모든 존재[法] 그것 또한 마땅히 생각해서

견고하지 않다고 항시 마음에 새겨라.

지혜로운 사람은 이와 같이 깨닫는다.

과거와 미래에 집착하지 말 것이며, 현재 또한 항시 변하고 있다는 사실을 깨달아야만 슬기로운 생활을 할 수 있다는 뜻입니다. 과거도 중요하고 미래에 대한 희망 역시 필요합니다. 그러나 과거를 회상하고 미래를 기다리는 것도 따지고 보면 다 현재의 마음이며, 현재의 삶을 충실히 하기 위한 것에 지나지 않습니다. 우리가 실제로 존재하는 유일한 순간은 지금 이 순간이고, 지금 사는 삶이 바로 나 자신의 삶이기 때문입니다.

바로 지금이 과거와 미래를 품고 있습니다. 현재의 삶을 충실히 하는 것이 과거를 되돌아보고 미래를 그리는 의미를 충족하게 합니다. 과거와 미래에 집착하는 것은 오늘을 살아가는데 결코 도움이 되지 않습니다. 지금에 충실한다고 하여 현재에 집착하는 것은 아닙니다. 지금 주어진 삶을 최선을 다하여 살라는 뜻입니다. 지금의 나와 나의 것은 물론 모든 존재는 머물러 있지 않아 무상無常하니, 현재에도 집착하지 말고 매순간 열심히 살아가라는 뜻입니다. 인생살이에서 생명을 부지하며 사는 지금 이 순간이 가장 중요합니다. '살아 있음에 감사하라'는 언표는 그래서 소중합니다.

어떤 상인이 바다에서 엄청난 보물을 캐서 기쁜 마음으로 제 고향으로 뱃머리를 돌렸다. 그런데 항해 중 갑자기 배가 난파하여 보물이 다 바다에 빠져버렸다. 간신히 목숨을 구한 후, 상인이 크게 기뻐하며 말했다. "하마터면 큰 보물을 잃을 뻔했다." 사람들이 이상히 여기어 물었다. "보물은 다 수장되었고 겨우 맨몸으로 살아남았는데 그게 무슨 소리요?" 상인이 대답했다. "보물 중에 생명보다 더 중요한 게 어디 있소? 살기 위해서 재물을 모으는 것이지, 재물을 얻기 위해서 사는 것이 아니지 않소?"라고 대답했다(대지도론, 대25,155중하).

그렇습니다. 생명보다 더 가치 있는 보물은 세상에 없습니다. 지금 우리가 이 순간을 가치 있게 살아야 할 이유입니다. 오늘 내일 하는 암 환자가 열심히 춤을 추고 있었습니다. 슬퍼해도 모자랄 형편에 즐겁게 춤추는 모습이 하도 이상하여 간호사가 까닭을 물었습니다. 암 환자의 대답이 심오합니다.

"지금 춤을 출 수 있으니까."

어떤 환경에 처해 있든 할 수 있는 일을 그냥 열심히 하는 것, 그것이 최상의 삶입니다. '진리는 내일이 아니라 오늘을 주었다'는 말이 있습니다. 지금 할 수 있는 일을, 어제를 구실로 삼고 내일로 미루는 것은 최상의 삶이 아닙니다. 갈 길은 헤아려보되 언제나 현실에 충실해야만, 현재의 연속인 미래에도 행복할 수 있습니다. 이것이 성인의 도입니다. 그래서 '현성일야' 게송은 다음과 같이 마무리하고 있습니다.

만일 성인의 행을 실천하면 누가 죽음을 근심하랴.

나는 결코 그것을 만나지 않으리라, 큰 고통과 재환災患이 끝나리라.

이와 같이 열심히 힘써 행하며, 밤낮으로 쉬지 말고 게으르지 말지니

그리하여 발지라제의 게송을 마땅히 항상 설한다.

마음 밝은 사람은 지금의 삶에 충실합니다. 그런 사람에게 죽음이란 또 다른 삶의 모습에 불과하며 근심할 일이 아닙니다. 밤낮으로 쉬지 않고 부지런히 삶을 즐기면서 괴로움과 재환까지도 삶을 살찌게 하는 존재로 수용합니다. 회당대종사는 이렇게 이르십니다.

상근기上根機의 사람은 극락이 가까운 데 있는 줄 알고, 하근기下根機의 사람은 극락이 먼 데 있는 줄 안다(실행론, 3.11.7나).

상근기는 환경을 다스릴 줄 아는 사람으로서, 그에게는 모든 현상이 삶의 소중한 내용이 됩니다. 하근기는 조건에 얽매이는 중생입니다. 그는 매사에 구속감을 느끼면서 자유롭지 못합니다. 극락은 안존安存하고 열락悅樂한 삶을 지극히 누릴 수 있는 곳입니다. 그곳이 어디 있을까요? 지금 여기에 있습니다. 무엇이든 항상 삶의 일부라 생각하고 살면, 극락이 바로 여기에 있습니다. 생의 마지막 순간에 살려만 달라고 애원하는 심정으로 지금을 살면 됩니다. 그래도 죽지 않고 살아 있으니까요. 살아있다는 사실 하나만으로도 얼마나 기쁜 일입니까? 그래서 지금 이 순간이 경이롭습니다.

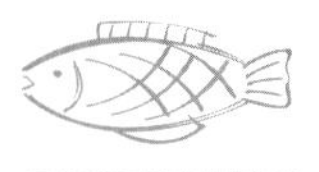

지금 어떻게 살고 있는가?

여든 나이에 중국어 공부를 시작한 할머니에게 손자가 물었습니다.

"지금 배워서 어디 쓰시게요?"

할머니가 대답했습니다.

"으응. 내년에 시작하면 조금 늦을 것 같아. 안 그러냐?"

예순여덟의 노인이 불편한 몸을 이끌며 산나물을 말리고 있었습니다. 지나가던 사람이 물었습니다.

"그 연세에 무엇 하러 그런 일을 하십니까?"

노인이 대답했습니다.

"내가 여기에 있고 햇볕이 좋으니까요."

지금 무엇인가 할 수 있다는 것은 현재 살아있다는 증거입니다. 살아있다면 무엇인가 해야 합니다. 여기에는 까닭이 필요하지 않습니다. 그냥 할 수 있는 일을 하면 됩니다. 공부하려는 의욕이 나면 공부를 하면 됩니다. 내가 여기 있고 햇볕이 있으니 나물을 말리면 됩니다. 젊음과 늙음을 따질 필요도 없습니다. 젊음과 늙음은 삶을 고정화하고 객관화하여 상대적으로 바라본 모습일 뿐입니다. 생명은 늘 진행하고 있으며, 인생은 진행형입니다. 어느 한순간도 머무르지 않는 것이 인생입니다. 따라서 삶을 객관화한 상대적 모습인 젊음과 늙음은 하나의 관념이지 생동하는 삶 자체는 아닙니다. 젊음과 늙음은 나이에 있지 않고 생각에 있습니다. 관념적 허상에 집착하면 인생을 제대로 살 수 없습니다.

삶은 멈추지 않는 진행형이어서 더 역동적이고 아름답습니다. 늘 지금 이 순간이 확실할 수밖에 없으며, 매순간 열심히 최선을 다해서 살아야 하는 까닭이 여기 있습니다. 지금 한 걸음 걸을 수 있다면 힘을 다해 걸으면 됩니다. 밥 한 숟갈을 먹을 수 있다면 맛있게 먹으면 됩니다. 노래를 부를 수 있다면 노래를 부르고, 공부할 수 있다면 공부를 하면 됩니다. 지금 할 수 있는 일을 즐겁게 하면 삶은 생동감을 가지고 인생은 아름다워집니다. 이유와 조건을 따지면 삶은 생기를 잃고 문제가 생깁니다. '비가 오면 우산을 쓰고 가라' 는 말이 있습니다. 상황에 부화뇌동하라는 뜻이 아니라, 지금은 오로지 할 수 있는 일을 하라는 의미입니다.

왕이 한 비구를 왕궁에 초청하여 진미성찬을 공양했다. 공양을 마치자 왕이 "음식이 어떠하오?"고 물었다. 비구가 대답했다. "주시는 대로 먹었습니다." 칭찬을 듣고 싶었던 왕이 실망했다. 다시 같은 음식을 공양하였지만 똑같은 대답을 들었다. 왕은 비구를 괘씸하게 여겼다. 그래서 다시 비구를 초청하여 이번에는 거친 음식을 공양하였다. 그리고 음식이 어떠냐고 물었다. 같은 대답이었다. "주시는 대로 먹었습니다." 왕이 괴이하게 여기고 그 까닭을 물었다. "어찌 좋은 음식에도 거친 음식에도 같은 대답을 하시오?" 비구가 말했다. "어찌 기름지고 좋은 음식과 거칠고 나쁜 음식이 있겠습니까? 음식은 목숨을 유지하고 수행을 하게 하는 것입니다. 그리고 (무슨 음식이든 주시는 대로 맛있게 먹고) 제가 이렇게 살아 있지 않습니까?" 이에 왕이 몹시 부끄러워하였다(출요경出曜經, 대4,690상중)."

사람들은 맛있고 좋은 음식을 가려먹는 식도락을 즐기기도 합니다. 그러나 가장 좋은 식도락은 음식을 가리지 않고 맛있게 먹는 것입니다. "여기 이렇게 살아있지 않습니까?"라는 비구의 대답이 아주 멋지지 않습니까. 비구가 무슨 음식이든 맛있게 먹었듯이, 지금 주어진 일이 어떠하든지 할 수 있는 만큼 최선을 다하면서 살아가는 것이 중요합니다.

다산茶山은 지금 내가 가지고 있는 이것, 즉 지금 눈앞에 있는 이것이야말로 세상에서 가장 큰 즐거움임을 다음 말로 대신하고 있습니다.

> 나에게 없는 물건을 바라보고 가리키며 '저것' 이라고 말하며, 나에게 있는 것을 깨달아 그를 보면서 '이것' 이라고 말한다. …지나간 것은 좇을 수 없고 다가올 일은 기약할 수 없으니, 천하에서 자기가 현재 부여받은 처지처럼 즐거운 것은 없다(어사재기於斯齋記).

우리가 찾아 해매고 있는 모든 것들이 지금 이 순간에 있습니다. 다른 순간에서 우리는 이런 경이를 만날 수 없습니다. 내일로 미루는 자, 과거에 묶여 있는 자들은 지금 내 앞에 펼쳐지는

현재의 아름다움과 경이를 만나지 못한 채 지나칩니다. 오직 지금 이 순간에 우리는 최고의 경이로움과 행복과 만날 수 있습니다. 회당대종사는 이렇게 우리를 일깨워 주십니다.

어리석고 불쌍한 중생들은 지금도 늦지 않으니, '불심인佛心印의 진리가 요료분명了了分明하여 신통하고 미묘하게 우리의 심중에 있는 것을 깨쳐야 한다. 깨치기 전에는 일체 구박을 다해 왔지만, 깨친 후는 조심조심 한순간도 잊지 말고 생각해야 한다. 그 심인을 공경하고 예참공양하며 항시 환희하고 괴롭지 않게 해야 한다(실행론, 2.2.6).

사람은 본래 청정한 자각능력인 심인心印을 갖추고 있어, 매순간을 열심히 살면 괴로움을 넘어 환희한 인생을 살아갈 수 있게 됩니다. 그런데도 그 진리를 모르고 사는 사람들이 많으니, 그들의 삶이 고통스러운 것은 당연합니다. 매순간을 행복하게 여기지 않고 미래의 행복만을 기대하기 때문입니다. 하지만 내일의 행복이 가능하다면 지금도 행복할 수 있습니다. 누구나 지금 행복할 수 있는 심인을 갖추고 있기 때문입니다. 매순간 행복을 누리지 못하고 이것이 과연 행복일까 하는 의심을 가지게 되면 행복은 떠나버립니다. 지금도, 금년도, 금생도 그렇게 됩니다. 내가 숨 쉬고 있는 지금 이 순간에 누릴 수 있는 것을 누려야, 과거를 보상받을 수 있고 미래도 보장받을 수 있습니다.

시인 이해인님은 병마와 싸우다가 문득, 오늘 이 시간이 내 남은 생애의 첫날이고 어제 죽어간 어떤 사람이 그토록 살고 싶어 하던 내일임을 새롭게 기억하면서 정신이 번쩍 들었다고 했습니다. 그렇습니다. 우리에게는 그런 마음이 필요합니다.

혹시 지금 자신의 상황이 최악이라고 생각하십니까? 그 마음을 놓고 지금이 최상의 상태라고 생각하면서 그냥 할 수 있는 일에 최선을 다해 보십시오. 바로 미묘 신통한 심인心印(삶의 주인공)이 활기를 불러일으켜서 온 생명의 기운이 나에게 밀려올 것입니다. 지금 가진 것이 없어졌을 때 비로소 그 참 가치를 깨닫는 어리석음을 되풀이해서는 안 됩니다. 내 생애의 가장 경이로운 이 순간, 한번 놓치면 되돌릴 수 없는 소중한 시간입니다.

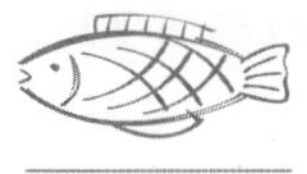

산치Sanchi의 법석法席

오랜만에 인도를 다녀왔습니다. 다시는 가지 않겠다고 하다가도 또 찾는 땅이 인도라고 합니다. 숨겨 둔 모습을 조금씩 고이 드러내는 인도 땅의 매력이 그렇게 만드나 봅니다. 인도에서 무려 7년이나 생활했고, 몇 차례에 걸쳐 인도 땅을 밟았지만 가보지 못했던 산치Sanchi. 겉만 보면 '인도에 불교유적은 있어도 불교는 없다' 라는 말이 실감날 만큼 산치도 예외는 아니었습니다. 그러나 펼쳐져 있는 수많은 유적과 유물에서는 아직도 불심佛心의 여음餘音이 울려 퍼지고 있었습니다. '평화' 라는 뜻을 가진 산치는 인도중부 마디야 프라데쉬madhya Pradesh의 주도州都인 보팔Bhopal에서 약 64km 밖에 위치하고 있습니다. 그곳에는 잘 보존된 중앙의 대탑을 비롯하여 많은 탑塔[Stūpa] 들과 사원, 석주石柱[Pilla] 등의 흔적들이 당시 이 땅에 불교가 얼마나 융성했던가를 충분히 설명해 주고 있었습니다.

산치유적은 고대인도의 이상적인 지도자 전륜성왕轉輪聖王[Chakravartin]으로 칭송받는 아쇼카Aśoka 왕(B.C273-236)의 참회를 계기로 건설되기 시작하여 12세기까지 1300여년에 걸쳐서 이루어진 곳입니다. 모우리아Maurya 왕조의 3대왕인 아쇼카는 과격한 성품으로 여러 형제와 정적政敵을 제거하고 왕위에 오른 인물입니다. 왕위에 오른 뒤에도 그는 무자비한 전쟁을 통하여 국토를 확장함으로써 인근 나라에서는 공포의 대상이 됩니다. 그가 벌인 수많은 전쟁 중 가장 참혹했던 것이 동남지역의 칼링가Kalinga(지금의 오릿사) 전투였는데, 전투가 끝난 후 피아 병사들의 시신이 온 들판에 덮여서, 시신을 밟지 않고는 걸을 수 없었다고 기록되어 있을 정도입니다.

그랬던 왕이 달라진 것은 비디샤Vidiśa 지방의 대상인 딸과 결혼한 다음부터였습니다. 부친의 영향으로 독실한 불교도였던 왕비 비디샤 데비 Vidiśa Devī 는 아쇼카왕의 마음속에 있는 전쟁의 처절하고 깊은 상흔傷痕을 위무하고, 그를 불교로 인도했습니다. 불교에 귀의한 아쇼카왕은 참회의 마음을 담아 왕비의 고향 부근 언덕에 부처님과 제자들의 사리舍利를 모시는 탑, 수행과 학문의 도량 등을 건설하고 그 지역을 불교의 수행과 학문의 중심으로 삼았으니 바로 산치, 평화의 땅입니다. 이후 산티는 불교도시로서 지속적으로 발전하여, 참회와 평화의 땅, 인간의 고뇌와 아픔을 치유하는 터전이 되어 왔습니다. 아쇼카왕의 불심은 지극했습니다. 산치 건설에 그치지 않고, 불교 전파에도 전력을 기울였는데, 딸 상가미트라Sanghamitra와 아들 마힌드라Mahindra를 스리랑카에 파견하여 불교를 전파하기도 했습니다.

산티가 잊혀진 땅이 된 것은 14세기경부터였습니다. 많은 인도의 유적이 그러했듯이, 1818년 영국의 테일러Taylor 장군이 빽빽한 숲에 덮여 있는 유적을 발견함으로써 산치는 다시 세상에 그 모습을 드러냈습니다. 몇 차례의 발굴 과정에서 유적이 더러 훼손되기도 하였으나, 인도고고학조사단[Achaeological Survey of India]에 의해 현재의 상태로 복원되었습니다. 그 후 산치지역은 유네스코세계문화유산으로 지정되어 불교도를 비롯한 수많은 순례자들의 발길이 끊이지 않고 있으니, 아쇼카왕의 평화의 메시지는 지금까지도 중생의 심금心琴을 울리고 있는 셈입니다.

먼저 산치 박물관에서 산치의 유물들과 눈맞춤한 다음, 오랫동안 마음속에 담아왔던 산치대탑 앞에 섰습니다. 대탑은 2천년이 넘는 세월의 무게를 안으로 감추고 먼 길 걸어온 순례객을 반갑게 맞아 주었습니다. 부러지고 깎기고 갈리고 떨어져 나간 흔적들을 숨김없이 내보이면서도 복원된 부분들을 민망하게 여기면서, 찾는 이들의 불심佛心을 고마워하는 것처럼 느꼈습니다. 지난 일을 진정으로 참회하고 거룩한 불심으로 건설한 아쇼카왕의 참회와 평화의 원력이 서려 있는 대탑. 밀려오는 참회와 평화의 기운에 이끌려 그 앞에서 육자진언을 염송하면서 참회와 평화의 기도를 올렸습니다. 그 순간 청량한 기운이 주위를 감싸며, 밝고 상쾌한 심경이 퍼져나가면서 울컥 내 가슴을 울렸습니다.

'그래. 중생이 어찌 크고 작은 허물을 저지르지 않겠는가? 그래도 참회하고 불심을 일으키면 평화가 같이 하지 않는가? 이 평화의 메시지가 산치를 넘어 온 세상으로 널리 퍼져나가리라.'

그 마음을 마음에 담아 염송하며 한참 동안 유적지를 거닐다가 노을이 붉은 색조를 거두어들일 무렵, 아쉬움을 남긴 채 산치를 뒤로 하였습니다. 그렇습니다. 불교 유적과 유물은 지금도 살아있는 불교를 이야기하고 있습니다. 성지순례는 곧 유적과 유물을 통해 당시의 그리고 지금의 불법을 나눌 수 있는 법석法席입니다. 산치의 법석에서 나눈 법담 중에서 특히 내 마음에 와 닿은 것은 참회와 평화의 법문이었습니다. 그와 함께 회당대종사의 법문이 마음을 울렸습니다.

항상 마음속에 지혜의 종자를 심어서 실상같이 자기의 마음을 찾아보고, 자기의 잘못을 깨달아 참회하고 실천하는 것이 정도正道이다(실행론, 3.13.3나).

자신이 저지른 악행을 괴로워하던 아쇼카왕의 마음에 불법의 지혜 종자를 심어 절절한 참회의 길을 열어준 비디샤 왕후의 불심이 그립습니다. 그 불심에 화답하여 전법의 길로 발길을 돌리고 산치대탑을 조성하여 평화의 터전으로 만들어낸 아쇼카의 자세 또한 정도의 삶이라 할 만 합니다. 오랜 세월이 흘렀지만, 인간사는 산치시대나 지금이나 그리 변한 것이 없는지도 모릅니다. 물질적 풍요로움과 생활의 편리함은 산치시대와 비교할 수

없지만, 전쟁은 당시보다 더 참혹해졌으며, 그로 인해 손실된 인명과 자연은 산치시대와 달리 크기만 합니다. 오히려 지금이야말로 참회의 마음으로 깊은 불심을 전하고 정법正法 정치政治를 펼쳤던 전륜성왕 아쇼카의 참회와 평화의 원력이 더 요구되는 시점입니다. 작은 탑에서 발굴되어 지금은 유적입구의 대각회[Mahabodhi society] 사원에 모셔 놓은 목련과 사리불 존자의 사리舍利를 예배하던 신심을 담아, 참회와 평화의 염원이 더 멀리 더 넓게 메아리치기를 서원합니다.

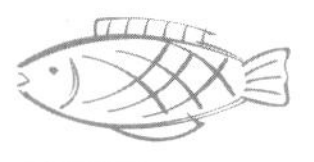

공도公道를 아는가?

언제부터인가 이 땅에 인사청문회라는 제도가 생겨 세인의 이목耳目을 끌고 있습니다. 고위공직자들의 도덕적 품성과 직무수행 능력을 검증하는 장치라고 합니다. 그런데 인사청문회를 지켜보노라면, 검증 항목 중에서 특히 후보자의 능력보다 인격적 자질이 더 주목을 받고 논란거리가 되고 있습니다. 후보자의 도덕적 흠이 되는 이력履歷에 대한 검증의 기준은 간명합니다. 사도私道로서 한 것인가, 아니면 공도公道로서 한 것인가를 가려보는 것입니다. 사도가 개인적 삶의 길이라면 공도는 공공적 길입니다. 자신의 이익을 위하여 활동하지 않는 사람은 없으니, 사도私道 그 자체를 문제로 삼을 수는 없습니다. 그런데 사도는 항상 공도와 밀접하게 관련되어 있으며, 이 점이 문제의 소지가 됩니다. 공도에 대한 인식이 밝지 못하면 사도私道도 성공하기 어렵습니다. 그간 후보자들이 무의식적 관행으로 수행한 일들이 공도라는 명경대明鏡臺에 비추어보면 거의 불의不義한 것들로 드러나곤 합니다. 그러니 공직후보자들이 청문회가 마치 염라대왕 앞에 선 것처럼 느낄 지도 모를 일입니다.

지혜가 뛰어난 사람은 생사生死가 다 할 때까지 항상 다른 사람들을 이익하게 하며, 자신만의 행복을 취하지 않는다(반야이취경, 대8, 835하).

세상을 현명하게 살아가는 사람은 다른 사람들의 이익을 함께 하며, 자신의 이익만을 취하지 않는다는 뜻으로 풀이할 수 있습니다. 이러한 삶을 특별한 사람이 살아가는 길, 세상살이에 골몰하는 많은 사람들은 감히 흉내도 낼 수 없는 길이라고 말할 수도 있습니다. 그렇지만 '전도선언傳道宣言'이라 불리는 부처님의 말씀을 받아들인다면, 세상의 더 많은 사람들을 이익하고 안락하게 하는 일이 세상살이의 정법正法임을 알 수 있습니다. 우리 모두의 이익과 안락을 위하여 공도公道를 행하라는 말씀입니다.

비구들아, 나는 모든 속박束縛에서 벗어났다. 비구들아, 편력遍歷하라. 많은 사람의 이익을 위하여, 많은 사람의 안락安樂을 위하여, 세상의 이익과 안락을 구하기 위하여 가라. 가는 길에는 두 사람이 한 길을 가지 말라. 비구들아, 세간에 대한 연민憐愍을 위하여 가라. 그들의 이익利益과 안락安樂을 위하여 처음도 좋고, 중간도 좋고, 끝도 좋고, 뜻도 미묘하고 구족具足하여 빠짐이 없는 법을 설하라. 너희들은 정결하고 깨끗한 수행修行을 설하여라. 이 세간世間에는 더러움에 적게 물들고 번뇌에 덜 묶여서 모든 것이 성숙한 사람이 있다. 그들이 만약 정법正法을 듣지 못하여 그 뜻을 알지 못할까 두렵구나. 비구들아. 나도 또한 우루벨라의 세에나 마을로 교법을 설하기 위해 갈 것이다(불본행집경, 대3, 835하).

고위공직 후보자들이 청문회를 단말마斷末魔로 느끼는 것은 그만큼 우리 사회에 공도公道 의식이 결핍되어 있다는 증거입니다. 공도와 관계없는 사도는 없습니다. 공도를 위한 사도는 아닐지라도 공도에 해를 끼치는 사도는 막아야 합니다. 그런데 공도

를 이용하는 사도를 행하면 어떻게 될까요? 공직이 사적인 일로, 공금이 개인의 용도로, 공인이 사사私事에 매달리면 어떤 일이 일어날까요? 정답은 공도가 무너지는 것입니다. 공도가 바로 서지 않으면 법질서의 신뢰가 허물어지고, 결국에는 사도도 보장 받지 못합니다. 따라서 사도와 공도는 칼날의 양날처럼 어느 한쪽에만 치우칠 수가 없기에 늘 긴장 관계로 존재합니다. 공도에 대한 의식이 분명하지 않으면, 사도로 기울 수밖에 없습니다. 중생의 심성에는 먼저 자신을 챙기는 습성이 있기 때문입니다.

그래서 '일체에 봉사하기 위해 자기안전을 얻는다' 는 의식이 필요합니다. 어차피 사람들은 자기안전[사도私道]의 도모에 집착하는 바, 자기안전이 일체봉사[공도公道]를 위하여 승화昇華되어야 함을 인식하게 하는 것입니다. 그래야만 사도에 기울어지는 생활을 공도로 방향을 돌릴 수 있습니다. 우리는 회당대종사의 말씀에 귀 기울여야 합니다. 대종사는 이렇게 말씀하십니다.

물질이 발달되어 사람의 마음이 오탁汚濁에 물들어 있는 시대에는, 공도公道를 깨닫지 못하고 실천 없는 사람에게 영도領導를 맡기거나, 덕이 짧은 사람에게 지위를 높이거나, 지혜가 어두운 사람에게 대사를 맡기거나, 역량이 작은 사람에게 중책을 맡기면 화를 부른다. 솔개가 날면 봉황이 날지 못하고, 조정에 아부하는 신하가 있으면 공명정대公明正大한 인물이 국무에 들어서지 못한다(실행론, 5.7.1가).

물질문명이 고도로 발달하는 시대에 공도를 깨닫지 못한 사람이 공무公務를 수행하면 공도뿐만 아니라, 사도도 더불어 무너지고 사회에 큰 화근이 된다는 말씀입니다. 의식적이든 무의식적 관행으로든 공도를 깨닫지 않고 살아온 이력들에게 공도의 잣대를 들이대면 공의公義에 어긋난 일로 들어날 수밖에 없습니다.

만천하에 드러나는 후보자들의 비리와 거짓이 통쾌하십니까? 당신은 열외라고 생각하십니까? 인사청문회는 비단 고위 공직 후보자에만 필요한 것이 아닙니다. 공도를 인정人情[사정私情]으로 사용私用하여 공의公義를 펴는데 폐해를 끼치는 상황을 다스리기 위해서는, 누구에게나 자신에 대한 청문회가 필요합니다. 사도私道는 자칫하면 사도邪道가 될 가능성을 안고 있습니다. 사도가 사도邪道에 빠지지 않고 공도가 되게 하려면, 자신을 엄격하게 검증하는 자기 청문회가 필요합니다. 그렇지 않으면 자구 노력

없는 시여복지施輿福祉가 오히려 빈궁을 증대시킬 수 있습니다. 조직의 발전보다 개인의 취업을 앞세운 인사 청탁이 조직뿐만 아니라 개인의 불행까지 자초하게 합니다. 지금 진정 행복을 바라십니까? 자신의 공도의식公道意識부터 검증해 보시기 바랍니다.

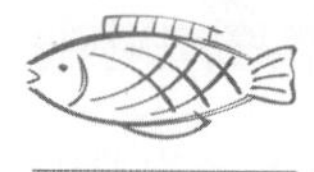

출가出家의 심비석深秘釋

세상은 관점에 따라서 다르게 보입니다. 똑같은 풀이라도 보는 사람에 따라서 잡초가 되고 약초가 됩니다. 사람의 성향에 따라 다르게 보기도 하지만, 마음의 경지에 내재하는 천심淺深의 차이가 크게 작용합니다. 사물을 보는 마음의 경지가 얕으면 겉모습만 보일 것이고, 경지가 깊으면 속 모습까지 볼 수 있습니다. 제가 지닌 마음의 경지만큼 세상이 보이는 것입니다. 예부터 사람들은 사물을 겉모습으로만 이해하는 것을 '천략석淺略釋' 이라 하고, 속 모습까지 보는 것을 '심비석深秘釋' 이라 했습니다(대39,793하). 천략석과 심비석에 이르는 이해의 과정을 대략 네 단계로 나누어서 '사중비석四重秘釋' 이라 합니다.

세상을 이해하는 경지에는 크게 얕고 깊은 네 가지 중층적重層的 단계가 있다는 것입니다. 그런 즉, 사물을 이해하는 경지에 따라 그 사람의 삶의 경지가 달라지는 것은 당연합니다.

가을 단풍잎이 떨어졌다고 가정합시다. 가장 얕은 이해는 '단풍잎이 떨어지는구나!' 라고 느끼는 것입니다. 이는 사실적 현상만 이해하는 천략석입니다. 단풍잎을 통하여 가을이 왔음을 자각할 수 있는 단계는 현상의 까닭을 들여다 볼 수 있는 단계로 심비석深秘釋, 줄여서 '비석秘釋' 이라 합니다. 가을이 온다는 현상을 우주의 운행이라고 느끼는 단계, 현상의 배경을 꿰뚫어 보는 단계를 '비중비석秘中秘釋' 이라 일컫습니다. 나아가 우주운행을 통하여 자신을 반조返照하는 심경心境을 가지는 고도의 단계를 '비비중비석秘秘中秘釋' 이라고 합니다. 이 단계에 이르면 세상의 어떠한 현상도 나의 삶과 연기적緣起的 관계로써 얽혀있다는 우주적 진리를 경험할 수 있게 됩니다. 이처럼 사람은 자신의 경지에 따라 일상을 깊거나 얕게 파악하고 이해할 수 있습니다. 경지가 곧 그 사람의 삶의 질質[내용]이 되는 것입니다.

'역사적 부처님' 은 출가出家에서 출발합니다. 탄생이 주어진 것이라면 출가는 자신의 선택이기 때문입니다. 흔히 부처님의 출가를 유성출가踰城出家라고 합니다. 성곽城郭을 넘어서 출가했다는 의미입니다.

이때 태자는 환희 용약한 마음이 온몸에 두루 찼다. …오늘 너는 내가 세간의 즐거움에서 벗어나는 것을 잘 도와야 한다. 세간의 즐거움은 잠시 환희로우나 오래가지 않아 없어지고 근심과 걱정을 일으킨다. 법을 위하여 힘을 쓰는 일은 매우 어렵다. 내가 지금 모든 세간의 해탈을 위하여 출가하여 도를 닦으려 한다. 너는 힘을 잘 써서 용맹하게 달려가라. 내가 지금 출가하여 모든 세간과 너희를 위하여 큰 이익을 지으리라(대3, 731상).

청년 싯다르타가 출가를 결심하고 준마駿馬 건척乾陟에게 당부하는 말인데, 세간의 '해탈과 이익'이 석가모니부처님의 출가의 변辯이었습니다. 나아가 이렇게 밝혔습니다.

내가 지금 왕위를 버리는 것은 두려움과 공포, 그 외 다른 무엇이 아니라, 오직 해탈하여 계박繫縛에서 벗어나기 위함이다. 차익車匿아! 내가 지금 왕위를 취하지 않으니 마음이 환희하구나. …내가 지금 왕위를 버리고 출가하여 반드시 정등각正等覺을 이루고 깨달음을 성취하여 최상의 미묘 법륜을 굴리리라(대3, 734상하).

유성출가하여 사문沙門[수행자] 생활을 시작하면서, 시종侍從 차익에게 그 심정을 밝히는 내용입니다. 왕위를 버리고 출가하는 까닭은 두려움과 공포 등 세간의 일이 아니라, 바른 깨달음을 얻어서 그것을 세상에 전하는 것임을 재차 확인하고 있습니다. 같은 경전에 '범인凡人의 출가는 연로年老, 대병帶病, 고독孤獨, 무자無資(대3, 734상) 등을 이유로 한다' 라고 열거하고 있습니다. 석존은 세간적 삶의 외포畏怖가 아니라, 진리를 깨달아 세간을 해탈하기 위한 것임이 밝혀졌습니다. 따라서 부처님의 출가는 단순히 성곽을 넘는 것만을 의미하지 않습니다. 성곽을 넘은 것은 출가의 겉뜻에 불과합니다. 출가의 속뜻은 왕위를 버리는 것이요, 왕위를 버리는 것은 세간의 쾌락과 걸림을 버리는 것입니다. 종래에는 스스로 깨달음을 성취하고 세간의 해탈을 위해 법륜을 굴리는 것입니다. 그렇다면 출가의 보편적 메시지는 무엇일까요?

출가에는 두 가지가 있다. 첫째는 신출가身出家로서 거친 옷을 입는

ⓒ김동규

것이다. 둘째는 심출가心出家로서 발심하여 수행하는 것이다. 이것이 참 출가이다(대38,1055하).

신출가를 '형출가形出家(대33,393상)' 라고도 합니다. 그런데 이 두 가지의 출가 형태를 조합하면, 세 가지로 나눌 수 있습니다. 첫째가 몸은 출가해도 마음은 출가하지 않는 신출가심불출가身出家心不出家, 둘째는 마음은 출가해도 몸은 출가하지 않는 심출가신불출가心出家身不出家, 셋째는 몸과 마음이 함께 출가하는 신심구출가身心俱出家입니다.

세간생활을 하는 현대인들은 심출가心出家로서 해탈할 수 있습니다. 출가자의 심정으로 행동(모방)하는 것입니다. 출가 의욕을 가져보는 것으로서 그것만으로는 겉 뜻의 출가에 지나지 않습니다. 출가를 가로막고 있는 마음의 벽[성곽城郭]을 넘어 세간적 소유所有에 대한 환상과 집착에서 벗어나야 합니다. 그래야 네 것과 내 것, 네 편과 내 편 등의 분별과 투쟁 심리의 벽을 허물고 출가할 수 있습니다. 나아가 미움과 원망, 두려움과 공포 등 상대와 환경에 대립하는 마음의 벽을 넘어야 합니다. 마지막으로 개개인 모두가 탐욕과 분노, 어리석음의 벽은 본래 없는 망상이며, 망상의 근저에 세간의 안락을 누리려는 마음이 자리하고 있다는 것을 자각해야 합니다. 그러므로 본성(보리심)을 일으키는 것이 출가이며(대14,541.하), 육바라밀을 행하여 보리심을 증득하는 것이 화합 출가이다(대46,988.상)라고 설합니다. 이 자각의 경지에 따라 출가에 대한 유무형의 장애를 녹이고, 세간의 해탈과 이익을 함께 누릴 수 있는 정도가 결정됩니다. 출가의 참뜻인 심비석은 형식이 아니라 마음이 중심입니다. 고로 출가정신으로 살아야 개인의 안락과 세간의 평화를 이룰 수 있습니다.

자성일 하루 출가로 일주일을 복되게 하고, 일주일 출가로 현세를 복되게 한다(실행론3.5.2마).

회당대종사의 이 말씀은 일상적 출가의 중요성을 일러줍니다. 일상적 출가란 일상생활에서 '마음[심인]을 밝히는 공부' 입니다. 행복이란 상대성이 아닌 절대성이며, 상대가 평가하는 것이 아니라 자신이 평가하는 것입니다. 이상이 개인과 사회의 참다운 행복을 위한 출가의 깊은 해석[심비석深秘釋]입니다. 그렇다면 당신은 어떤 출가를 원하십니까?

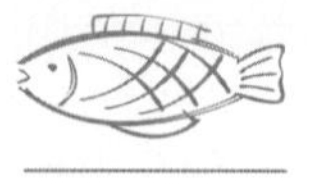

끝이 좋아라

"그동안 무엇을 했는가?"

사람들은 때로 스스로에게 이렇게 묻곤 합니다. 하루를 살든 일년을 살든, 누구와 어디서 어떤 일을 하든, 때때로 밀려오는 자문自問입니다. 그 물음은 대답의 내용과 관계없이 그 자체만으로도 자신의 삶을 확인하는 경각警覺이 됩니다. 자신의 삶을 되돌아보는 자문 '지금 무엇을 하고 있는가?' 라는 생각을 하는 것이 경각의 순간이며, 바로 지금의 삶을 직시하게 하는 경책警責으로 이어집니다. 당장의 삶에 대한 경책은 이어 '지금부터 무엇을 할 것인가?' 라는 생각으로 발전하여, 삶의 방향을 새롭게 하려는 자기 경계警戒의 의지를 유발합니다. 자기 경계의 의지는 또 인생여정을 새롭게 꾸미려는 자기 계발啓發의 동력으로 작용하게 됩니다. 어찌 보면 인생은 이러한 자문의 연속일지 모릅니다. 그리고 삶에 대한 연속적인 자문이 성성惺惺하게 살아 있는 한, 삶은 분명한 안락처가 됩니다.

무엇이든 시작에는 설렘이 있습니다. '시작이 반이다' 라는 명제가 이를 일러줍니다. 시작의 설렘이 잘 지속되면 생활이 활기를 띠고 인생이 즐거워집니다. 그리하여 끝에서는 '무엇을 했는가?' 가 아니라, '이렇게 했다' 는 만족감이 생깁니다. 누구나 설렘으로 시작되어 만족하게 마무리되는 끝, 처음은 희망이요 마지막은 행복으로 종결되는 삶을 그립니다. 처음과 시작은 두려움이고 고난일지라도, 끝은 편안하고 마지막은 안락한 삶 또한 누구나 그리는 바입니다. 부처님은 교화를 떠나는 제자들에게 이처럼 시종始終이 여실히 부합附合하는 삶을 살아가기를 당부하셨습니다.

비구들아, 세간에 대한 연민憐愍을 위하여 가라. 그들의 이익과 안락을 위하여 처음도 좋고, 중간도 좋고, 끝도 좋고, 뜻도 미묘하고, 구족具足하여 빠짐이 없는 법을 설하라(불본행집경 대3, 835하)

부처님이 제자에게 처음도 좋고 중간도 좋고 끝도 좋은 설법을 당부하신 데에는 미묘한 뜻이 있습니다. 부처님의 가르침은 진리에 계합契合하기 때문에 시종始終에 걸쳐서 어긋남이 없는 법입니다. 진리성이 결여된 설법은 처음은 듣기 좋아도 시간이 지나면 허위가 드러납니다. 진실한 말씀에 따라서 살아가면 환희의 삶을 누릴 수 있습니다. 부처님이 제자들에게 처음도 중간도 끝도 좋은 진실법을 설하신 까닭은, 그래야만 설법을 듣는 사람들도 처음도 중간도 끝도 좋은 삶을 살아갈 수 있음을 밝히신 것입니다. 그래야만 사람들이 자신의 삶을 되돌아보면서 무엇을 했는가를 자신 있게 대답할 수 있기 때문입니다. 처음도 중간도 끝도 좋은 설법은 항상 좋은 설법이고, 처음도 중간도 끝도 좋은 인생의 바탕에는 늘 진실眞實이 자리하고 있습니다.

처음이 있으면 끝도 있습니다. 시작이 있으면 마지막이 있습니다. 그러나 영원의 시간을 상정하면 끝은 다시 처음이 되고, 마지막은 또 시작이 됩니다. 이렇게 세계와 우리 인생은 무한히 돌아갑니다. 다만 우리 앞에 맞이하는 확실한 시간은 지금 이 순간뿐입니다. 영원의 시간은 실제로 존재하지 않습니다. 지금 이 순간이 끝없이 연속한다는 사실을 상정想定하여 영원의 시간이

라 이름 할 뿐입니다. 따라서 영원永遠은 지금 이 순간에 있는 것입니다. 시간은 '항상 현재[상항현재常恒現在]'에 있으니 이를 '영원의 지금'이라 불러도 좋을 것입니다. 현재는 항상 과거와 미래를 품고 있기 때문입니다. 영원은 지금 이 순간에 있고, 지금 이 순간은 영원에 이어져 있습니다. 이를 『반야이취석般若理趣釋』에서는 이렇게 표현합니다.

항상 과거 현재 미래가 현재로서 연속하면서 내용을 달리하는 영원한 시간[상항삼세일체시常恒三世一切時](대19, 607중).

시간과 함께 하는 우리의 삶이 그렇다는 뜻입니다. 산다는 것은 지금 여기에 존재한다는 뜻이기도 합니다. 지금 여기에 존재하는 삶 속에는 과거의 삶과 미래의 삶도 더불어 있습니다. 인생은 과거 현재 미래의 삶을 동시에 품으면서 시간에 따라 진행되고 있습니다. 인생이 즐겁다는 것은 지금 이 순간의 삶이 즐겁다는 것이며, 인생이 가치 있다는 것은 지금 이 순간의 삶이 가치 있다는 의미이기도 합니다. 부처님이 처음도 중간도 끝도 좋은 설법을 하고, 인생을 그렇게 살라고 하신 것은 지금 이 순간의 삶이 진실에 어울리게 살아가라는 당부입니다. 그러한 삶이 진실을 그르치지 않는 삶입니다. 지금 이 순간이 하루, 한 달, 일년 또는 평생이 될 수도 있습니다. 매순간마다 '지금 무엇을 하고 있는가?' 하는 자기 경각의 물음이 필요한 이유는, 그래야만 늘 깨어 있는 삶이 되며 생명의 질서에 어긋나지 않게 되기 때문입니다. 지금 이 순간이 가치 있고 만족스러운 삶이 되면, 평생 그렇게 이어지게 됩니다.

인생이 아름다운 것은 머무르지 않는데 있습니다. 그 중에서 처음과 끝은 쌍雙으로 조화를 이루어 번갈아가면서 인생을 꾸려 나갑니다. 처음과 끝은 나무의 마디처럼 세월의 디딤돌이 되어 새로운 활기를 불어넣어 줍니다. 영속의 시간에서는 항시 처음이고 늘 끝입니다. 인생이 멋진 것은 늘 처음처럼 설렐 수 있고, 끝처럼 만족할 수 있기 때문입니다. 부처님이 '처음도 좋고 중간도 좋고 끝도 좋게 하라'는 법문을 하신 뜻도 여기에 있습니다. 시종始終의 묘의妙義를 심중心中에 담아 열락悅樂이 넘치고 삶의 향기 묻어나는 나날을 살아가기를 서원합니다.

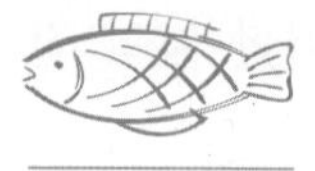

묘희妙喜의 삶

요즈음 유독 세상살이가 힘들다는 소리가 많이 들립니다. 인생살이가 힘든 것은 지금뿐이 아닙니다. 당장 힘들게 느껴지는 것은 현재의 정치적 현상과 경제적 여건도 한 몫 하겠지만, 당면한 사실을 더욱 민감하게 느끼는 심리가 더 크게 작용하고 있습니다. 항상 당면한 그때가 가장 힘들게 느껴지는 법입니다. 흔히 인생은 고해苦海라고 말합니다. 인생살이가 본디 어렵고 고생스럽다는 뜻입니다. 이 세계를 사바세계娑婆世界라고 합니다. 사바sahā는 '힘들여 참는 것' 또는 '서로 싸우는 것'을 말합니다. 우리가 사는 세상은 힘들게 참아야 하는 세상인 것입니다. 중생세계에서는 인내하지 않으면 늘 싸울 일만 기다리고 있습니다. 우리 삶에서 '인忍'에 대한 예화들이 많은 것도 다 참아야만 살아남을 수 있다는 현상을 반영하고 있는 게 아닐까 합니다.

정녕 인생이란 힘든 것이며 참아야만 하는 것일까요? 현실의 입장에서는 진리입니다. 힘들고 참는다는 표현 속에는 두 가지 뜻이 숨어 있습니다. '힘들다'는 표현에는 보편적인 뜻인 어렵고 고생스럽다는 것과 함께 힘들여 노력해야만 즐거운 인생을 누릴 수 있다는 다른 뜻도 숨어 있습니다. '참는다'는 말 속에도 '견디면서(감堪) 기다린다(대待)'는 또 다른 의미가 숨어 있습니다. 이를 '감인대堪忍待'라 묶어서 말하기도 합니다. 여기에서 견딘다 함은 괴롭고 힘든 상황이며, 기다린다 함은 즐거운 희망입니다. 힘든 것을 견디고 참으며 기다린다는 언어는 긍정과 부정의 두 가지 의미를 동시에 가지고 있습니다. 그러나 당면한 인생은 괴롭고 고생스러우며, 인생이 고해인 것은 사실입니다.

모든 인생이 고해인 것만은 아닙니다. 즐거운 인생도 있습니다. 이상理想이 아니라 현실적으로 즐거운 인생도 많습니다. 인생이 괴로운 고해苦海인가 즐거운 낙해樂海인가는 어떻게 경영하는가에 달려 있습니다. 잘 살면 인생은 낙해가 되고, 잘못 살면 인생은 고해가 됩니다. 잘 산다함은 맑고 깨끗한(청정淸淨) 지혜를 밝혀 사는 것입니다. 지혜 중에서 최상의 지혜는 무분별無分別의 반야般若입니다. 못 산다함은 어둡고 탁한 번뇌에 덮여서 사는 것입니다. 번뇌 중에서 가장 몹쓸 번뇌는 탐하는 마음[탐심貪心]과 성내는 마음[진심嗔心] 그리고 어리석은 마음[치심癡心]이라는 세 가지 독[삼독三毒]입니다.

스스로 잘 살고 있는데 왜 이리 힘들고 괴로울까라고 생각하는 사람이 있을 것입니다. 항상 피해의식을 느끼면서 사는 사람도 있을 것입니다. 그렇다면 현재뿐만 아니라, 자신의 과거와 미래를 철저하게 살펴볼 필요가 있습니다. 이때 공업共業(함께 지은 업)을 생각하는 것이 중요합니다. 모진 사람 옆에 있다가 벼락 맞는다는 말이 있습니다. 이것이 공업[동업同業]의 일례입니다. 옆에 있었다가 벼락 맞은 사람으로서는 모진 사람이 지극히 원망스러울 것입니다. 그러나 그의 책임으로만 돌릴 수는 없습니다. 일어난 결과에 집착하면 숙명적일 수도 있습니다. 결과에 집착하지 않고 수용하는 자세에 무게를 놓으면 사정이 달라집니다. 숙명적宿命的 사고는 책임회피에서 나옵니다. 번뇌에 덮인 사람은 인생을 숙명적인 사고로 경영합니다. 숙명적인 사고는 과거를 거부하고, 지난 일을 부정하는 삶을 만듭니다. 지난 일은 부정할 수 없고 거부할 수 없습니다. 현재 어떻게 수용하는가에 따라 삶이 달라집니다.

무분별無分別의 지혜는 현재를 수용하는 힘을 가집니다. 단순히 수용할 뿐만 아니라, 새롭게 창조적으로 사용하는 힘도 가집니다. 숙명적 삶이 아니라 개척적인 삶을 만들어 갑니다. 과거와 현재를 수용하고 창조적으로 개척하는 지혜가 가득 차 있는 상태를 희열喜悅이라 합니다. 가슴 벅찬 것은 희열이 충만한 상태입니다. 안에 벅차 있는 희열은 밖으로 환락歡樂의 인생을 경영하게 합니다. 이처럼 우리에게 항상 희열의 에너지를 공급하여 주는 인격상을 경전에서는 '금강희희보살金剛嬉戲菩薩'이라 합니다.

금강희희보살의 본래 의미는 우주의 대생명인 비로자나부처님이 항상 흔들림 없이[부동不動] 보리심菩提心이라는 보편적 생명성을 살리는 아축불阿閦佛에게 생명[보리심]의 희열을 공급하고 더해 주는 활동을 일컫는 인격입니다. 그러한 금강희희보살의 모습을 힘들고 지쳐 있는 사람에게 생명수를 떨어뜨려서 생기를 북돋워 주고, 재생의 기쁨을 불어넣어 주는 것에 비유하여 '적

열適悅' 이라 합니다. 따라서 모든 사람은 스스로 감로수처럼 삶의 희열을 공급해 주는 심성을 갖추고 있습니다. 누구에게든 항상 환희의 생명 기운인 '적열심適悅心' 이 샘솟고 있는 것입니다. 적열심은 무분별의 지혜가 밝아지면 저절로 솟아납니다.

금강희희보살은 힘들어하고 괴로워하는 중생에게 생生의 희열[energy]을 부어주는 보살입니다. 인생살이가 힘들고 세상이 원망스러울 때 금강희희보살에게 기도를 하면 좋습니다. 금강희희보살의 보살핌을 느낄 수 있는 사람에게는 인생이 고해苦海가 아니라, 낙해樂海가 됩니다. 세상이 힘들어도 즐겁게 살 수 있습니다. 나의 본래 모습, 그 주인공은 희희보살의 성품이요, 세상을 힘들게 느끼게 하는 탐진치는 나그네이기 때문입니다. 금강희희보살은 저 멀리 밖에 있는 것이 아니라, 이미 나에게 내면적으로 비밀스럽게 미쳐져 있습니다. 부처님이 다음과 같은 말씀을 남기신 이유가 여기에 있습니다.

금강희희삼마지를 증득하면, 능히 세간의 탐욕에 물들어 있는 즐거움을 다스려서 금강같이 영원한 안락의 뜰[안락원安樂園]에 살 수 있다(성위경聖位經).

세상은 결코 괴로운 곳이 아닙니다. 누구든 내면의 희희보살의 적열심에 깨어 있으면, 모든 존재에서 불가사의한 가치를 발견할 수 있습니다. 그래서 혜능慧能스님은 혜명慧明스님의 물음에 대해 "그대에게 말한 것은 비밀이 아니라 그대 스스로 자신의 본래면목本來面目(가면이 없는 모습)을 비출 수만 있다면, 비밀은 바로 그대에게 있을 것"이라고 답합니다. 회당대종사는, '가까운 데 못 가는 사람 먼 곳 어찌 가겠는가?' 라고 하셨습니다. 경전은 어디에든 안락원安樂園이 펼쳐져 있다고 설합니다. 지금 바로 이곳에서 안락원을 즐기지 못하고, 저 멀리에 있는 안양처安養處를 찾아 헤맨다면 인생은 고해일 수밖에 없습니다. 생활이 고달플수록 잠시라도 진언을 염송하십시오. 숨을 크게 쉬고 내 안의 적열심을 찾아내 보십시오. 지금 이 순간 눈앞에 안락원이 펼쳐질 것입니다. 지금입니다. 바로 숨을 들이쉬고 내쉰 다음 진언을 염念할 때입니다.

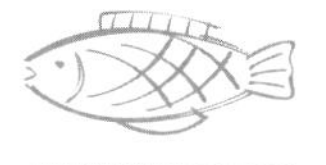

사람 농사

약 7여년의 인도 생활 추억 중에서 하루 10루삐(한화 30여원)짜리 싸구려 여관 잠을 감수하며, 여러 나라에서 온 유학생들과 함께 한 성지순례를 빼놓을 수 없습니다. 한번 떠나면 약 10여일이 소요되는 길, 길거리에서 끼니를 때우고, 밤새 문짝 없는 지프차를 타고 달렸던 길, 한 번도 아닌 몇 번씩이나 여러 곳으로 순례를 나섰던 것은 오로지 성지에 대한 신심 때문이었습니다. 그러나 어렵게 도착하여 막상 성지를 대하면, 대부분의 여행이 그러하듯이 처음에 가졌던 기대를 완벽히 채워 주지는 못했습니다. 솔직히 어느 때는 탄허스님이 인도 성지 순례 후 남긴 '불교 유적은 있어도 불교는 없다' 는 말씀에 크게 공감한 적도 있습니다. 하지만 그나마 유적이라도 남아 있는 것이 얼마나 다행입니까. 불교유적이 최고의 관광자원으로서 인도 재정에 큰 재원이 되어 다행이라는 뜻이 아닙니다. 남겨진 유적을 통해 인도 불교가 부흥하기를 기대하는 바가 있기에 하는 말입니다.

그간 전 세계의 많은 불교인들과 불교 국가들이 인도의 불교 성지를 개발하고 가꾸는 일에 많은 정성을 기울여 왔습니다. 불교 발생지에 대한 보은 차원에서 성지 개발에 참여하고 자국의 사원을 세운 예도 많습니다. 그러나 과연 그 사원들이 불교부흥에 얼마나 지속적인 역할을 할 수 있을지에 대해서는 의문점이 남습니다. 얼른 눈에 띄는 문제는 이들 사원들이 자급자족할 수 없다는 점입니다. 관리와 유지를 위한 경비는 계속 발생하지만, 재원이 매우 부실해 보입니다. 사원 부설 성지순례단 숙소를 운영하여 유지비를 조달하고 있지만, 각국의 사원이 경쟁적으로 늘어남에 따라 수요보다 공급이 많은 셈이니 점점 사정이 어려워지고 있는 것은 당연합니다. 또 하나의 문제점, 이들 사원들이 현지인들의 신심 유발에 얼마나 보탬이 되고 있는가 하는 점입니다. 거의 모든 사원들이 현지 인도인들이 아닌 해당 자국인에 의하여 관리 운영되고 있으니, 파견국들의 조직적이고 지속적인 인적 경제적 지원이 뒷받침되지 않는 한, 이들 사원의 미래도 밝지 않을 것 같습니다. 많은 나라의 사원들이 성지 곳곳에 경쟁적으로 세워져 있는 것도 조화롭지 않습니다. 각 나라 특유의 사원 건축 형태에 따라 자리하고 있는 모습이 성지와 그리 잘 어울리지 않습니다. 마치 국제 사원전시장 같다는 현지 인도인들의 곱지 않은 시각이 마음에 걸리는 것도 이 때문입니다.

불교성지에 자국 사원을 짓는 것 자체를 탓할 수는 없습니다. 다만 바라고 싶은 점은, 전시적 효과 또는 경쟁적 차원이 아니라 많은 관광객들과 인도 현지인들에게 불교를 전파할 수 있는 프로그램 개발과 인적자원 양성에 힘을 기울이라는 것입니다. 인도불교의 부흥운동을 주도할 수 있는 영향력 있는 사람이 현지인이면 더욱 좋습니다. 인도불교의 쇠락을 외침이라는 외적인 요인에 무게를 두기도 하지만, 궁극적으로 현지 불교인들의 신심이 쇠락한 결과로 볼 수 있습니다. 인도에서 불교가 쇠한 이유는 거대한 성지가 없어서가 아니라, 외침에 의해 불법을 전수하는 인력수급이 단절되었기 때문입니다. 그런 즉, 각국은 사원 건립과 관리하는 데 소요되는 재정의 일부분이라도 현지 불교인

양성에 배분하는 것이 바람직합니다.

『잡보장경』에 정법正法, 상법像法, 말법末法의 '삼법설'과 유사한 '오오백년설五五百年說'이라는 것이 있습니다. 부처님의 정법이 오백년마다 단계적으로 쇠락하여 간다는 설입니다. 그 단계란 크게 다섯 가지로서 증득견고證得堅固, 선정견고禪定堅固, 다문견고多聞堅固, 조탑사견고造塔寺堅固, 쟁론견고諍論堅固를 말합니다. 견고堅固란 신심 즉 믿음의 뿌리가 견고하다는 뜻입니다. 따라서 증득견고란 불법의 진리를 실제생활에 증득함으로써 뿌리내린 신심을 말합니다. 마찬가지로 선정견고는 선정에, 다문견고는 좋은 설법을 많이 듣는 것에, 조탑사견고는 탑과 절을 조성하는 등 불사를 일으키는 데에, 쟁론견고란 불법에 대한 토론 즉 학문적 연구 토론에 신심이 깊게 내려 있다는 의미입니다. 이 설에 따르면, 마지막 쟁론견고에 이르면 불법은 하나의 관념적 희론으로 떨어져서 생명력이 없어지고 맙니다.

오오백년설은 점층적 상관관계를 가지고 있습니다. 증득견고 속에는 나머지의 모든 경우가 포함되어 있습니다. 그러나 선정견고에는 나머지 세 가지 경우는 포함되지만 증득견고는 없어집니다. 다문견고에서는 증득견고와 선정견고가 없어집니다. 그리고 마지막 쟁론견고는 앞의 것은 다 사라집니다. 이 단계가 바로 불교의 쇠락 단계로, 그 자체가 무의미하기 때문이 아니라 앞의 네 가지 신심이 없는 것이 쇠락의 원인으로 작용하게 됩니다.

오오백년설이 시사하는 바는 매우 큽니다. 증득과 선정 등 불법의 실지 체험이 밑받침되지 않으면, 사원 탑사 조성 등 불사를 일으키는 것은 의미가 없게 됩니다. 사원 조성보다 증득과 선정에 확실한 신심의 뿌리를 내리고 있는 인재가 성지에 필요한 것은 바로 이 때문입니다.

한국불교 또한 크게 다르지 않습니다. 불법을 체험 · 증득하고, 선정 등 수행에 정진하며, 신심이 뚜렷한 지도자 내지 학자를 기르는데 우리 불교의 흥왕 여부가 달려 있습니다. 그러나 현실은 암담합니다. 대부분의 불교인들이 인재양성의 필요성을 잘 알고 각 종단마다 도제양성을 부르짖고 있지만, 과연 지행이 원만한 도제를 기르는 데에 얼마나 많음 관심을 가지고 경제적 투자를 하고 있는지 알 수 없습니다. 다들 쟁론견고만 하고 있는 모양새입니다. 불교의 흥왕의 첩경은 사람 농사에 달려 있습니다. 쟁론견고의 입장만을 고수하는 사람은 불교학자[Buddhologist]는 될 수 있어도 불교인[Buddhist]은 아닐 수 있습니다.

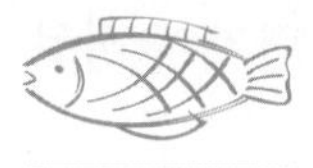

시어머니 참회론

율전을 읽다 보면 포살 장면을 자주 대하게 됩니다. 포살은 부처님 제세 당시 매달 보름날 저녁, 정사精舍에 모든 대중이 한자리에 모여 한 달 동안 스스로의 생활을 평가하던 참회의식입니다. 보름달이 밝게 비추는 가운데 대중이 차례로 자신의 허물을 밝히고 보다 발전된 수행을 결심하는데, 의식의 경건하고 진지한 장면은 상상만으로도 감동을 불러일으키기에 충분합니다. 가장 감동적인 것은 부처님이 가장 먼저 대중에게 참회를 하는 장면입니다. 대중은 세존에게는 허물이 없으니 참회할 필요가 없다고 간청하지만, 부처님은 인위적인 권위를 내세우지 않고 스스로 대중 앞에 나서시어, 자신에게 허물이 있다면 참회하겠다고 합니다. 이 장면은 오늘 이 시대에 사는 사람들에게 큰 귀감이 됩니다.

중생이 사는 이 세상에 어디 문제가 없을까만, 이해하기 어려운 것은 문제가 발생했음에도 스스로 잘못했다고 나서는 이가 누구 하나 없다는 점입니다. 하기야 잘못했다고 나섰다가는 사안에 따라 그 사람의 인생행로가 결정될 판이니, 섣불리 나설 수도 없는 노릇입니다. 실수에 관대하지 못하고 서로 책임 떠넘기기 경쟁을 하는 세상이니 그럴 수도 있겠습니다만, 분명히 무언가는 잘못되어 가고 있는데도 잘못한 사람은 없으니 딱한 일입니다.

잘못을 인정하지 않는 사회를 바로잡는 처방으로서 '시어머니 참회론' 을 소개할까 합니다. 고부간의 갈등이 사회계층 간의 갈등을 상징적으로 보여 주기 때문입니다. 고부갈등은 면면히 이어져온 우리나라의 여성사입니다. 시대가 바뀌면서 정도가 다소 완화되긴 했지만, 근본적으로 고부갈등은 우리의 가족사에서 끝없이 지속될 것 같습니다. 이 현상이 문제가 되는 것은 고부가 서로 화합하면 그 가정이 평화롭고, 서로 불화하면 그 가정이 위태로워지기 때문입니다. 그런데 가정에서 고부갈등을 해소하는 방법은 의외로 간단할 수 있습니다. 어른인 시어머니가 먼저 자신의 잘못을 참회하면 쉽게 해결할 수 있는 것입니다. 시어머니가 가정의 근본이라면 며느리들은 지말枝末이며, 근본이 바로서야 지말이 바르게 되는 것은 정한 이치입니다. 국가와 사회에서도 마찬가지입니다. 문제가 발생한 조직에서 근본적 위치에 있는 사람이 책임을 지고 참회를 해야만 문제 해결의 실마리를 찾을 수 있는 것입니다.

시어머니의 참회 없이 가정의 평화가 정착되기 어렵듯이, 지도자의 참회가 없으면 국가 사회의 평화는 요원합니다. 본을 바루지 않고 지말을 고쳐 보았자 힘만 들지 아무 효과가 없습니다. 그런데 안타깝게도 우리 사회에서는 어떤 문제가 일어나면, 지말에 해당하는 사람들만 수난을 당합니다. 근본의 입장에 있는 사람은 진실이 담기지 않는 몇 마디 변명만으로 무사합니다. 우리네 가정과 국가에는 불협화음이 상존하는 까닭입니다. 일이 벌어지면 바루자는 소리는 요란하지만, 실제로 이루어지는 것은 없습니다.

지말의 입장에 서 있는 사람은 참회를 할 필요가 없다는 말은 아닙니다. 근본과 지말은 자세에 따라 달라질 수 있습니다. 시어

©김동균

머니와 며느리의 객관적인 관계에서는 시어머니가 근본이고 며느리가 지말이지만, 시어머니를 상대하는 며느리의 주관적인 입장에서는 자신이 근본입니다. 어떠한 인간관계에 있어서도 내가 근본이며 상대가 지말이지, 자신이 지말인 경우는 없습니다. 따라서 근본인 나를 바루지 않고 지말인 상대방만 변하기를 요구하는 것은 바른 자세가 아닙니다. 개인이든 지말이든 근본부터 바루어 가는 의식이 절실히 필요하다는 말입니다. 윗물이 맑아야 아랫물이 맑다고 했습니다. 근본부터 바루어야 한다는 의식은 오래 전부터 있어 왔습니다. 그 의식이 실천으로 자리 잡지 못한 것은 근본인 개개인에 있습니다. 지위고하를 막론하고 상대방에게 나는 근본입니다.

자신의 잘못마저 상대방에게 그 책임을 전가하는 세간의 풍토가 안타깝습니다. 우리 불교계도 이와 크게 다르지 않습니다. 불교정화의 소리를 높이 외쳐댄 지도 꽤 오랜 세월이 흘렀으며, 개혁운동도 의욕적으로 추진되어 왔습니다. 그러나 문제가 발생하면 상대방의 비리폭로나 일삼고, 서로 자기주장에만 목청을 돋우며 자기변명만 일삼는 행위는 여전합니다. 앞서가는 사람이 먼저 참회하는 풍토가 그립습니다. 근본인 자기부터 참회하는 세상이 그립습니다. 부처님이 대중을 향하여 먼저 참회하던 의미를 모두의 마음에 새겼으면 좋겠습니다. 시어머니가 참회의 자세로 며느리를 다스리는 가정에 불화가 있겠습니까? 나부터 솔선해서 뉘우치는 조직에 어찌 불협화음이 일어날 수 있겠습니까?

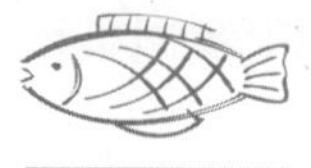

승랍과 세랍

삼보에 대한 귀의는 불교인이 수지해야 하는 첫번째 계戒이며, 불교에서 계는 생명처럼 지켜야 하는 것입니다. 그리고 승보에 대한 귀의의 표현으로 스님을 극진히 모시는 일이 불가의 보편적인 전통이기도 합니다. 스승을 불법 수호의 최고 권위로 받아들이는 전통입니다. 전 생애를 통하여 세속적 욕망과 쾌락을 버리고, 불법을 익혀 수호하는 스님의 권위는 높이 받들어져 마땅합니다. 때문에 스님들 세계에서는 세속적 나이는 의미가 없습니다. 승랍이 곧 권위의 척도가 됩니다.

스님에 대한 신뢰와 존경은 부처님 제세 당시부터 시작된 전통입니다. 『지장십륜경地藏十輪經』에 상징적인 예가 있습니다. 상왕象王이 자신을 죽이러 오는 선다라가 승복을 입었다는 이유 하나만으로 경계하지 않고 그를 신뢰했습니다. 이러한 전통은 동남아 불교국가에 그대로 남아 있습니다. 나라에 따라 다소의 차이는 있지만, 스님을 공양하고 받드는 것은 지극히 일상적이고 보편적인 일입니다. 연로한 신도가 젊은 스님에게 지극하게 예를 드리는 모습도 어렵지 않게 볼 수 있습니다.

스님에 대한 신뢰와 존경은 한 개인이 아닌 스님집단에 보내는 것이라는 생각도 듭니다. 아울러 믿고 존경하는 이면에는 스님집단에 대한 무언의 요구 즉 지계로 모범을 보이라는 심리도 깔려있을 것으로 생각합니다. 스님들에게는 본디 오후에 음식을 먹지 않는 '오후 불식계不食戒' 라는 수행의 계가 있습니다. 그러나 이 계가 옛날처럼 지켜지고 있지 않습니다. 생활양식이 변함에 따라 이제 오후불식계는 효용가치도 없을 뿐 아니라, 지키기에 불가능한 계일지도 모릅니다. 오늘날 이처럼 수지 불가능한 계는 이외에도 허다한데, 지계에 대한 큰 고민이 여기에 있습니다. 우리 불교계도 예외는 아닙니다. 지계에 대한 실질적인 정리가 시급합니다. 자칫 진실보다는 형식이 앞서는 형국이 될 수 있기 때문입니다. 스님이라는 이유 하나만으로 계를 지키지 않아

도 신뢰와 존경을 받는 일도 허다합니다. 전통적인 지계의 관행이 그대로 지켜지지 않는 경우도 많습니다.

『대반열반경』에는 '의사법依四法'이라는 법문이 있습니다. 그중 첫 번째는 '법에 의지하고 사람에 의지하지 말며[의법불의법依法不依法]'이고, 두 번째는 '뜻에 의지하며 말에 의지하지 말라[의의불의어依義不依語]'는 말씀입니다. 형식보다 진실을 중시하라는 말로 풀이할 수 있습니다. 계로 정한 것은 지켜야 하고, 지키지 않는 계는 재정비 되어야 합니다. 지계라는 엄한 제도가 허물어지기 시작하면, 지킬 수 있는 계까지도 범하는 구실을 줌으로써 파계를 양산하게 됩니다. 각자 지계를 자의적으로 해석함으로써 청정지계의 전통이 무너지게 되며, 스님에 대한 신뢰와 권위도 떨어지게 하는 빌미가 될 수도 있습니다.

인위적인 권위도 자주 등장합니다. 권위에 자신을 가지지 못할 때, 스스로 권위를 내세우고 싶은 욕망이 일어납니다. 가끔 새파랗게 젊은 스님이 자신이 연로한 신도에게 반말을 하거나, 아이들에게 훈시하듯 대하는 장면을 볼 수 있습니다. 그 스님은 권위의 표현이라 생각할지 모릅니다. 그러나 과연 신도들이 진정으로 스님의 권위를 인정하여 받아들이는지는 알 수 없습니다. 진정한 권위는 자연적 이치 즉 인격과 인품에서 나오는 것입니다. 참다운 권위에는 자발적 경의와 신뢰가 따릅니다. 승랍이 높은 스님이 젊은 신교도에게 예의를 갖추어 하는 언행이 오히려 돋보이는 이유가 여기에 있습니다. 정중한 경어가 더 큰 권위를 가질 수 있다는 말입니다. 낮은 승랍이 높은 세랍보다 더 권위 있다는 근거도 없습니다. 승랍이 중요하면 세랍도 중요합니다.

승랍의 진정한 권위는 더 높아져야 합니다. 그러나 불가에서마저 세속적 감투[장長]의 권력이 승랍의 권위보다 크게 행세하는 일이 허다합니다. 그 와중에 신도들에게 승랍의 권위를 부리는 것은 허세일 수밖에 없습니다. 승랍의 권위를 높이는 것은 딱 하나, 지계가 곧 승랍의 권위가 되어야 합니다. 지켜지지 않는 지계 또한 하루 빨리 정비되어야 합니다.

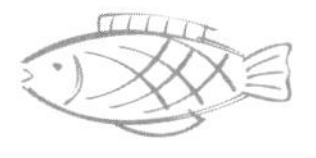

개혁 유감

요즘은 세상 사람들이 다 개혁론자 같습니다. 이런 분위기로 보아서는 이미 개혁이 이루어져 있어야 옳을 일이지만, 그 어느 곳에서도 개혁완성의 기미는 보이지 않습니다. 또 목청 높여 개혁을 부르짖기만 할 뿐, 서로 합의를 이루어내려는 노력은 하지 않습니다. 아니 애당초 합의는 소중하지 않았을 수 있습니다. 개혁과 진보를 외쳐야만 똑똑한 사람 축에 든다는 분위기에 휩쓸려, 너나할 것 없이 개혁을 부르짖고 있기 때문입니다. 개혁의 개념조차 혼란스럽습니다. 잘못을 바로잡는 것보다 잘못을 캐내어 처벌하는 것을 개혁이라 여기는 사람도 많습니다. 처벌은 하나의 조건이지 개혁의 본질은 아닙니다. 권력을 남용하여 부정을 저지른 공직자, 뇌물로 사업을 확장시키는 사업가 등을 중벌로 다스리는 것은 그들을 본연의 자리로 돌아가게 하는 조치일 뿐 그것이 개혁 자체가 아닙니다. 기존의 방식보다 새롭고, 창조적이며, 긍정적으로 바꾸는 것이 바로 개혁입니다. 보다 효율적이고 인간중심적이며 함께 더불어 가는 세상을 만드는 것이 개혁입니다. 개혁이 꼭 사회나 국가조직에 국한되는 것도 아닙니다. 진정한 개혁은 개인의 개혁에서부터 시작하여 각분야로 널리 펼쳐져야 합니다.

개혁의 대상을 외적인 것에만 두어서도 안 됩니다. 제도나 방법의 개혁도 중요하지만, 인간개혁이 우선되어야 합니다. 개혁이 일회적이고 유행처럼 취급되는 이유는 개혁을 부르짖으면서도 실천적 함의를 찾지 못하는 개개인들에게도 책임이 있습니다. 개혁의 근본이 무엇입니까? 사고의 틀을 변화시키는 것입니다. 개개인이 스스로 변화하지 않는 한, 사회적 개혁을 기대할 수는 없습니다.

불가佛家에도 예외 없이 개혁의 열풍이 불어닥치고 있습니다. 제도, 포교, 의식 등에서 개혁이라는 말이 빠지면 진부한 것으로 취급받을 정도입니다. 그래서 항상 종단개혁이니 제도개혁이니 하면서 법석을 떨고 있는 모양입니다. 역사적으로 불가에서 개혁이 주장되지 않았던 시대는 없습니다. 석가모니 부처님도 브라흐만 사회에 대한 개혁의 기치를 걸고 불교라는 종교 사상을 내세웠습니다. 그런데 요즈음 불가의 개혁이란 게 고개를 갸웃거리게 합니다. 개혁이 오히려 복고처럼 보인다는 점입니다. 전통적인 것에로 돌아가는 것은 복고이거나 답습입니다. 완전한 복고가 되는 것도 아닙니다. 스님들의 자각과 의식전환이 개혁의 시작이요, 바탕이 될 터인데 그 뚜렷한 기준도 보이지 않습니다. 삭발염의하고 청정지계를 지키는 옛날 방식을 모델로 삼는 측도 있으며, 그것이 현실적으로 불가능하다는 이유로 약간 변형된 개혁을 주장하는 이도 있습니다. 소리는 높지만, 제도나 의식과 의례, 승려의 교육과 포교 방법에서도 개혁의 이름으로 합의된 것이 없습니다. 지금과 같은 불가의 개혁인식은 혼란만 가중시킬 뿐입니다. 변화라는 미명하에 전통에 복귀하여 안주하려는 것은 개혁이 아닙니다. 창조적인 변화 없이 전통적 모델에 집착하면서 개혁을 논하는 것은 개혁을 빙자한 자기방어에 다름 아닙니다.

불교개혁의 우선순위는 불교인들의 의식전환입니다. 여론과 세태에 따라 제도를 바꾸고 의례와 의식을 개정하는 것이 개혁이라는 생각부터 버려야 합니다. 불교의 특색 중 가장 큰 하나가 고정된 관념의 틀에서 벗어나는 것이 아닙니까. 불교에서는 이단이 오히려 발전을 위한 동력원으로 작용하여 왔습니다. 크게 보아 당시 대승불교 운동은 소승의 사고로서는 큰 이단이었지만, 결국 불교의 폭을 넓히는 계기가 되었습니다. 밀교의 유상관적有相觀的 사고 또한 더 큰 이단적 성격을 띠면서도 무아 개념으로 재해석하여 불교전파에 역동적인 힘을 부여한 바 있습니다. 이처럼 불교역사의 특징은 새로운 사고나 형식을 이단으로 배척하지 않고, 불교라는 하나의 용광로 속에 끌어들여 융화하면서 발전했다는 점입니다. 바꾸어진 것이 없는 개혁이란 있을 수 없으며, 기존의 관념이나 제도에 집착하면서 개혁을 논한다는 자체가 모순입니다. 개혁에는 대립된 견해로 인한 진통이 필수적으로 동반됩니다. 그러나 대립이 개혁의식의 차이에서 오는 것이 아니라, 개혁의 외적인 요소인 영역 다툼으로 변질된다면 개혁이 아니라 반개혁입니다.

지금 불교권에서 벌이고 있는 개혁의 내용을 주의 깊게 들여

다보면, 다양한 불교의 양태를 하나로 획일화하려는 방향으로 진행되고 있다는 생각이 듭니다. 개혁은 획일화가 아닙니다. 개혁은 다양하게 일어나고 있는 불교의 양태를 바람직한 방향으로 조화시켜 가는 것입니다. 불교는 역사적으로 매우 다양한 성격을 지녀 왔으며, 이러한 성격은 포교의 큰 장점으로 작용해 왔습니다. 그런 즉, 승속이 제각기 다양한 형태의 성격을 유지하면서, 불교라는 우산 아래에서 조화롭게 활동하게 하는 것이 개혁의 지름길이 될 수 있습니다.

불교개혁의 구경목표는 포교를 활성화하여 더 많은 중생들이 진리를 통해 행복한 삶을 영위하게 하는데 있습니다. 불교인들 사이에 관습처럼 젖어있는 획일적 아집을 버리는 것이 불교개혁의 큰 과제라고 생각합니다. 개혁일선에서 정진하는 이들이나 포교활동을 주도하고 있는 분들이 개혁의 이름으로 내세우고 있는 아집이 오히려 개혁을 방해하고 있습니다. 그 아집에서 벗어나지 않는 한, 불교개혁은 요원합니다. 그러나 긍정적 조짐도 보입니다. 불교인들의 다양한 자기변신의 몸짓이 그것입니다. 불교흥왕의 시기를 앞당기는 길은 다양한 방편으로 다양한 부류의 중생을 제도하려는 시도에 달려 있습니다. 그것이 개혁입니다.

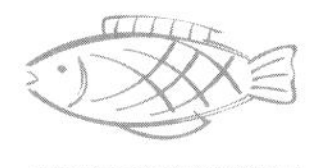

상승相承 효과

졸업여행 중이었습니다. 학과 친구들과 함께 지리산 상무주암에서 새벽예불을 올린 후 만난 운무는 참으로 장관이었습니다. 전날 벌어졌던 다소 격한 토론이 부끄러울 정도로 자연은 장엄했습니다. 당시 상주무암에서는 한 스님이 두 시자와 함께 무염식 정진을 하고 있었는데, 이것이 우리를 격한 토론장으로 몰아넣은 원인이었습니다. 화두는 이러했습니다. '해발 천 오백 고지의 조그마한 암자에서 행하는 무염식이 과연 사회에 어떤 이익을 주는가?' 졸업여행을 마칠 때까지 토론이 계속되었지만 끝내 결론이 나지 않았던 화두였습니다.

인도와 네팔 지역을 다니다 보면, 수십 명의 신도를 인솔하고 성지순례를 다니는 스님을 자주 보게 됩니다. 포교의 전문성과 다양성을 주장하는 나에게는 그 모습이 아주 자연스럽게 느껴집니다. 불교에서 수행과 포교는 수레의 두 바퀴와 같습니다. 그 중 어느 하나가 제 기능을 발휘하지 못하면 불교의 사회적 역할은 원만하게 이루어지지 않습니다.

그런데 세간에서는 '중생의 고통을 외면하고 심산유곡에서 정진하는 것이 스님의 도리인가?' 또는 '자기 수행은 아니 하고 시중에서 포교하는 것이 스님의 본래 모습인가?' 라는 비판이 있습니다. 어떤 이들은 외부와 단절된 곳에서 수행을 마친 후 중생의 세계로 돌아가는 것이 스님의 본분이라는 절충식 해법을 내놓기도 합니다. 그러나 석가모니부처님 정도의 자질을 가지지 않는 이상, 수행과 포교를 구족한 사람을 찾는다는 것은 쉬운 일이 아닙니다. '자미득도自未得道 선도타先度他' 만을 대승불교의 행동강령으로 신봉하는 사람에게는 중생의 발길이 닿지 않는 산속에서 평생수행만 하는 스님은 질타의 대상이 됩니다. 반면에 수행과 깨달음을 선결과제로 생각하는 사람은 세간에서 포교에 전념하는 스님에게 곱지 않은 시선을 보냅니다. 문제의 심각성은 바로 이런 제삼자의 시각이 아니라, 이 두 부류에 속하는 스님들이 서로 상대를 그렇게 보는 데 있습니다.

『대지도론』에 '불법대해佛法大海' 라는 말씀이 보입니다. 불법의 가르침이 넓고 그 이치가 깊다는 의미도 되겠지만, 불법은 모든 것을 포용·섭수한다는 뜻도 숨어있습니다. 불법의 근간이 포용과 섭수라면, 수행에 근기가 맞는 사람은 수행에 전념하고,

포교에 자질이 있는 사람은 포교에 전력투구하는 것이 맞습니다. 결코 비난 받을 일이 아닙니다. 어떤 사람에게는 깊은 산속의 청정한 수행자의 모습이, 또 어떤 사람에게는 중생과 고뇌를 함께 하며 포교에 전념하는 스님의 행이 감동이 될 수 있습니다. 다만 산속 수행이 권위를 유지하려는 형식적인 것이거나 포교활동이 세속적 생활의 정당화로 기울면 문제가 됩니다.

그렇습니다. 부처님의 역량을 가지지 못하는 한, 어차피 한 스님이 두 가지 행을 원만하게 할 수 없습니다. 불법대해의 입장에서, 수행승이 하지 못하는 행을 포교승이 대신하고, 포교승이 할 수 없는 행을 수행승이 대신한다고 생각하여 서로 격려하고 존중한다면, 상호 영향을 주게 되고 상승효과를 가져오지 않겠습니까.

상승효과의 영역은 비단 수행과 포교의 관계에만 있는 것이 아닙니다. 지계승과 학승의 관계, 승과 속의 관계, 출가와 재가의 관계 등 여러 곳에 존재합니다. 동시에 스님도 되고 신도가 될 수 없으며, 출가와 재가를 동시에 할 수 없으니 어느 하나의 비교우위를 논할 수는 없습니다. 각자 주어진 역할에서 전문성을 발휘하면, 불교라는 큰 틀 속에서 각각 상승효과를 얻을 수 있는 것입니다. 각자 자기 노선과 색깔을 분명히 견지하고 거기에 맞는 활동을 하면 상호 시시비비가 있을 수도 없습니다. '중도 속도 아니다'는 속어가 있습니다. 이도 저도 아닌 모호한 경우를 빗댄 말입니다. 영역 다툼이 생기고 불화가 일어나는 이유는 자기 노선과 색깔이 분명하지 않고 거기에 맞는 활동을 하지 않기 때문입니다. 참 수행자는 포교에 전념하는 이를 존중합니다. 진실한 포교자는 수행에 몰두하는 이를 찬양합니다. 이것이 바로 화합승단의 모습입니다.

불법은 세간을 바로세우는 체體입니다. 불법이 바르게 서지 못하면 세간이 굽게 됩니다. 청정수행자를 자처하면서 독실한 신도임을 내세우면서 겉과 속이 다른 행을 한다면, 세간도 따라하게 됩니다. 불가에서도 정치판보다 더한 잔꾀와 술수를 능력으로 친다는 말이 있으니, 세간의 어지러움을 우리 불교가 탓할 수 없습니다. 불가가 모범을 보여야 합니다. 불가가 바로서야 세간이 편해집니다. 불가에서부터 상대를 나무라기보다 자기의 역할을 궁행하여 상호부조의 상승효과를 배가한다면, 세간의 어지러움은 쉽게 정화될 것입니다.

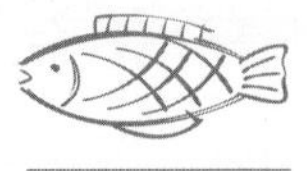

티베트불교의 일견

가을하늘이 유달리도 맑았던 날에 위덕대학교 밀교문화연구원에서 좀 특별한 초청강연회를 가졌습니다. 일본 도쿄 주재 티베트문화원에서 오랜 기간 활동하고 있는 까르마 겔렉 유톡 스님이 방문하여 '티베트 밀교의 특성'이라는 연제로 강연해 준 것입니다. 감사하게도 티베트 외무장관 및 내무장관까지 참석해 주시어 더욱 자리가 빛이 났습니다. 연제에 대한 스님의 명료한 강의에 티베트불교의 초심자인 참석자 대부분이 만족해하는 분위기여서 더욱 기뻤습니다. 티베트불교에 대한 호기심도 한몫 했겠지만, 스님의 명쾌하고 해박한 지식에 많은 참석자들이 감동한 것 같았습니다.

티베트는 오래전에 중국에 복속되어 '서장자치구西藏自治區' 라는 한자식 이름으로 우리에게 알려져 있습니다만, 한때는 지금의 인도 카스미르 동북부 라닥과 중국 서부지역을 호령했던 오랜 역사를 가진 독립국가였습니다. 근래에는 이방인들에게 라마교의 발생지로 더 잘 알려지기도 했습니다. 티베트는 오랜 기간 중국과 갈등을 겪어 왔고, 1959년에는 중국정부의 탄압에 못 이긴 달라이 라마가 티베트를 탈출하면서부터 세계적으로 이슈가 되어왔습니다. 중국을 탈출한 그는 당시 인도 네루 수상의 도움으로 인도 서북부의 히마찰 주에 있는 다람살라에 망명정부를 수립하였습니다. 험난한 히말라야 산록에 위치한 다람살라가 세계적 명소가 된 까닭입니다.

다람살라가 명소가 된 것은 달라이 라마에 대한 동경심 외에도 유니크한 티베트불교와도 깊은 관련이 있습니다. 7세기경에 이미 독립국가로서 면모를 과시한 티베트는 일찍이 대승불교와 밀교 그리고 중국불교를 수용·융합시킴으로써 매우 독특한 불교를 창시했습니다. 12세기에 이르러 티베트불교는 새로운 도약의 계기를 맞게 되는데, 그것은 인도의 많은 고승들이 무슬림들의 침략을 피하여 티베트로 유입되면서부터였습니다. 교리면에서는 대승불교 특히 중관불교의 색채가 강하고, 수행 의식면에서는 밀교적인 요소가 주류를 이루는 것도 그들의 영향입니다. 비록 인도 고승들에게서 많은 영향을 받았지만, 자국 출신 성자들도 많이 배출하였으니 티베트는 가히 불교의 나라라 할 만했습니다.

이러한 분위기 속에서 티베트불교에서는 믿음의 대상으로 삼보인 불 · 법 · 승에 라마를 추가하여 사보四寶라 할 만큼 극단적으로 스승을 존경하는 전통이 이어져왔습니다. 신행의 본보기가 되는 스승을 티베트 말로 '라마Lama' 라 하는데, 뛰어난 라마들을 중심으로 수행그룹이 형성됨으로써 티베트불교는 여러 종파로 나누어집니다. 15세기에 종파불교는 절정에 이르고, 라마의 권위를 상징하는 '달라이 라마Dalai Lama' 제도가 탄생했습니다. '달라이' 는 '큰 바다' 라는 뜻이니, 달라이 라마란 곧 '바다처럼 넓고 깊은 덕을 가진 큰 스승' 이라는 뜻입니다. 17세기 초 제5대 때부터는 달라이 라마가 종교와 정치를 모두 관장하는 정교일치의 권위를 가지게 되었으며, 그 전통이 현재 14대 달라이 라마까지 이어지고 있습니다. 티베트인들은 달라이 마라를 관세음보살

©김동균

의 화신이자 환생하는 존재로 인식함으로써, 정신적 지도자이자 실질적인 통치자로 여기는 것입니다. 티베트불교를 '라마교' 라고 부르기 시작한 것은 19세기말 유럽의 선교사 오스틴 워델 Austine Waddel이 라마를 공경하는 특별한 전통을 경험한 후, 티베트불교를 'Lamism' 이라 표현한 이후부터입니다. 따라서 라마교는 일종의 속어로 그리 바람직한 표현은 아닙니다.

존경을 받는 만큼 라마들은 어릴 때부터 엄격한 교육과 인격적 수련, 강도 높은 수행을 합니다. 그뿐 아니라 특유의 종교의식을 창안하고, 거기에 따르는 문화를 창조하고 전수합니다. 티베트불교가 세계적인 관심을 받고 있는 것도 라마들의 영향 때문입니다. 특히 티베트불교의 영적지도자인 린포체Rinpoche들의 인격과 학식, 그들이 이루어 놓은 독특한 종교문화는 전세계의 많은 이들을 감읍하게 하고 있습니다.

티베트의 성지, 히말라야Himalaya는 Hima(눈)와 Ālaya (저장소)의 합성어입니다. 풀이하면 설산雪山이 되겠네요. 항상 눈으로 덮여 있는 척박한 환경을 오직 신앙의 힘으로 승화시키면서 종교적 삶을 영위하고 있는 티베트인들, 그들의 진솔한 체험을 리얼하게 표현한 탱화 만다라 maṇḍala 가 물량적 생활에 젖어 있는 현대인들에게 신선하고 미묘한 감정을 불러일으키고 있습니다.

스님의 강연에서 종교적 양식을 풀어내는 원동력으로서 티베트불교의 한 단면을 엿볼 수 있었던 것은 큰 행운이었습니다. 수행조건 중에서 환희심을 첫번째로 꼽는 점, 옴마니반메훔 진언 염송을 일상생활로 여기면서 자연적 악조건을 벗처럼 여기며 살아가는 티베트 사람들의 소박한 행복이, 세속적이고 감각적 행복을 찾아 줄달음치고 있는 현대인들에게 잔잔한 감동을 주기에 충분했습니다.

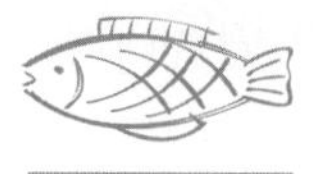

내가 본 달라이 라마

티베트불교의 영적 지도자이자 전 세계인들로부터 추앙 받고 있는 달라이 라마를 단독으로 접견할 수 있었던 것은 행운이었습니다. 반면, 그와의 접견 과정에는 우여곡절도 많았습니다. 먼발치에서나마 그를 처음 본 것은 1989년이었습니다. 그해, 달라이 라마는 티베트 독립을 위한 평화적 노력과 함께 세계인들의 마음에 평화의 메시지를 전했다는 공적으로 노벨 평화상을 받았습니다. 그리고 달라이 라마의 노벨상 수상 기념 강연회가 인도 델리에서 개최되었습니다. 마침 나도 인도 델리에 있을 때라 강연회에 초대를 받았습니다. 늦게 도착한 탓에 강당 이층 말미에 자리 잡고 간명하면서도 흡입력 있는 그의 강연을 들었습니다. 두 번째로 그를 본 것은 1990년 10월 말이었습니다. 티베트 망명정부가 있는 다람살라Daramssala에서 였습니다. 티베트정부의 후원으로 '빤짜 비디야 pañca vidyā' 라는 주제의 세미나에 참가하기 위해 델리대학의 학자 4명과 함께 다람살라로 동행한 것이 계기였습니다. '판차 비디야[오명五明]' 는 고대인도의 다섯 가지 학문으로서 불교의 중요한 개념 중 하나입니다. 다람살라 가는 길은 멀고도 험했습니다. 인도 수도 델리에서 기차에 몸을 실은 후, 무려 14시간이나 걸려 새벽녘에 도착한 곳이 펀잡 주의 어느 역이었습니다. 거기서 다시 약 4시간 동안 택시로 달려서야 다람살라에 도착할 수 있었습니다. 택시를 타고 가는 도중, 문득 달라이 라마를 만나 대화를 해보고 싶다는 막연한 생각을 했습니다.

다람살라에 도착한 다음날 바로 세미나가 시작되었습니다. 아침 일찍부터 개회식이 있었고, 곧 이어 달라이 라마의 법문이 있었습니다. 법문은 세 시간 이상 진행되었습니다. 그러나 티베트 말로 진행되는 법문이 쉽게 귀에 들어올 리 없었습니다. 내 관심은 오로지 법문을 하는 달라이 라마와의 독대뿐이었습니다. 법

당 한 편에서는 40~50여명의 서양인들이 특별 통역을 통하여 그의 말 한 마디도 놓치지 않으려는 듯 집중하고 있는 모습이 내 눈에 들어왔습니다. 무엇이 저들을 이다지도 진지하게 하는 것일까요? 법문이 끝난 후에 안 일이지만, 그들은 오로지 달라이 라마의 법문을 듣기 위하여 머나먼 여정을 떠난 사람들이었습니다. 그가 전 세계인들의 추앙을 받고 있다는 사실을 실감할 수 있었습니다. 그뿐 아닙니다. 같은 해, 달라이 라마가 녹야원에서 모습을 드러내어 법문한 칼라차크라 이니시에션[시륜승時輪乘 수계관정受戒灌頂] 법석에는 무려 1천여 명이 넘는 외국인들이 동참하여 그의 말에 귀 기울이고 있는 장면을 목격했습니다.

아무튼, 그 날 달라이 라마의 법문이 끝나고 법당 앞에서 간단한 티타임이 주어졌습니다. 몇몇의 티베트 정부 관리들도 함께 했습니다. 법문 내내 달라이 라마를 직접 만날 궁리만 하고 있었던 나로서는 매우 좋은 기회였습니다. 슬며시 그들에게 다가가 달라이 라마를 만나고 싶다는 뜻을 전했습니다. 그들의 반응은 냉담했습니다. 그를 만나려면 적어도 몇 달 전에 신청해야 하며, 엄격한 심사가 또 기다리고 있다는 것이었습니다.

티타임이 끝나고 티베트 사원의 전통인 '토론' 시연회가 있었습니다. 좌정한 스님을 향하여 독특한 손짓과 몸짓으로 질문을 하면, 스님이 대답하는 특유의 전통 시연이었습니다. 그 때 또 기회가 왔습니다. 임시정부 관리로 보이는 사람이 바로 내 곁에 앉아 있었습니다. 그의 신분도 모른 채 대뜸 달라이 라마를 만날 수 없느냐고 물었습니다. 나중에 알고 보니 그는 달라이 라마의 종교문화 비서관이었습니다. 그 역시 어림없다는 표정을 지었습니다. 왜 아니겠습니까? 달라이 라마를 만나기 위해 차례를 기다리고 있는 사람들이 얼마나 많겠습니까? 신청서류도 제출하지 않은 사람이 당장 만나보고 싶다고 하여 될 일은 아니었던 것입니다. 그런데 평소 집착이 없는 편이며, 집착을 버리라고 강조해왔던 내가 이상하게도 그와의 만남에는 집착하고 있었습니다. 종교문화 비서관에게 강조했습니다. "나는 호기심이나 막연한 동경심으로 달라이 라마를 만나려는 사람이 아니며, 옴마니반메훔을 실천하는 사람으로서 그와 대화를 나누고 싶다."며 비장의 무기(?)를 꺼냈습니다. 그제야 비서관은 나에게 관심을 보였고, 동행한 사람들로부터 내 신분을 확인한 다음 만남을 주선해 보겠다고 약속했습니다.

그 일로 하여 어떤 한국인이 세미나에 참석하고 있다는 소문이 나게 되었으며, 저녁 공양시간에 다람살라에 장기 거주하는 한국 스님을 만나게 되었습니다. 또 그를 통해 많은 한국학생들과 여행객들이 다람살라에 와 있다는 사실을 알았습니다. 너무나 반가운 마음에 이튿날 그들을 모두 초청하여 점심을 하면서 대화를 나누었습니다. 자연히 대화의 주제는 달라이 라마로 옮겨졌는데, 그를 만나겠다는 나의 생각에 다들 무리라 여기는 듯했습니다.

다람살라 체류 3일째였습니다. 전에 만났던 비서관이 참가자들에게 오찬을 베푸는 날이었습니다. 달라이 라마와의 면담 여부를 오찬을 통해 알려주기로 했기에 이 시간만을 고대하고 있었습니다. 조짐이 좋았습니다. 비서관은 나에게 식사 후 왕궁으로 가서 경호실장을 만나보라고 했습니다. 대충 식사를 마치고 바로 경호실장을 만났습니다. 작은 체구의 당당한 모습을 한 그는 여러 가지 구실을 들어 면담이 이루어질 수 없다고 했습니다. 장시간 언쟁을 벌였지만, 그는 끝내 고개만 저었습니다. 돌아서면서 '이건 집착이다. 내려놓자.' 라는 생각이 들었습니다. 포기했더니 오히려 마음은 가벼워졌습니다. 세미나에 전념했으며,

시간이 나면 한국인들과 시간을 보냈습니다. 달라이 라마 스승의 환생자로서 우리나라에도 다녀갔던 링린포체를 만나기도 했습니다.

어느 날이었습니다. 왕궁에서 약 2km 가량 떨어져 있는 도서관에서 논문 자료를 수집한 다음, 점심식사를 하기 위해 식당에 들렀을 때였습니다. 만나는 사람마다 어디에 있었냐고 물으면서 몹시 황망한 기색을 보였습니다. 왕궁에서 나를 찾았다는 것입니다. 식사 후 왕궁에 갔더니, 다음 날 첫 손님으로서 달라이 라마를 친견할 수 있게 되었다고 했습니다. 집착을 버렸더니 기회가 생긴 것입니다. 이튿날, 친구인 델리대학교의 네기 교수와 함께 왕궁으로 향했습니다. 말만 왕궁이지 망명정부 왕궁답게 매우 검소하고 소박했습니다. 접견실에는 이미 서양인 몇 명이 대기하고 있었습니다. 달라이 라마는 방문 앞까지 나와 나를 반갑게 맞이했습니다. 황색의 승복만 걸치지 않았다면 그저 자상하고 온화한 이웃집 할아버지 같은 모습이었습니다. 내가 예의를 갖추려 하자 극구 말리고는 자리에 앉도록 배려해 주었습니다. 소형 녹음기와 다이어리 하나만 놓았는데도 꽉 차 보이는 소형 탁자 앞에 마주 앉았습니다. 일반적인 인사를 나눈 다음에 바로

옴마니반메훔의 신앙 전통에 대한 이야기를 나누었습니다. 대화의 중심은 육자진언을 설하는 문헌과 육자진언을 비로자나불의 진언으로 신행하는 우리 불교 진각종에 대한 것이었는데, 약속된 시간이 30분을 넘어가자 비서실장이 재촉을 했지만 이를 만류하고 시간을 더 할애해 주는 그가 참 고마웠습니다.

대화를 마치자 그는 카닥(축복과 환영을 의미하는 흰 천)을 나의 목에 걸어준 후, 기념촬영을 하고 문 앞까지 나와 배웅해 주었습니다. 중국이라는 큰 나라의 압박에 맞서 망명정부를 이끌면서 세계인의 관심과 존경을 받고 있는 그의 힘은 어디에서 나오는 것일까요? 직접 만나 본 바에 의하면, 그 분 특유의 미소와 화법, 솔직하고 넓은 아량, 깊은 불심 때문이리라 생각합니다. 격식을 초월하여 누구에게나 소탈하고 솔직한 태도. 아마 그런 그의 자세와 마음가짐이 세계인들의 마음을 사로잡는 흡입력이 아닌가 합니다.

달라이 라마의 본명은 '텐진 갸초Tendzin Gyatso'로 '갸쵸'는 '바다'라는 뜻입니다. 달라이 라마의 '달라이'도 바다를 의미하는 몽골어입니다. 그는 1935년 5월 5일, 동북 티벳의 도캄

Dokham 지역의 탁체Taktser 마을에서 평범한 중산층 농부의 아들로 태어났습니다. 1935년, 그는 티베트의 전통에 따라 여러 시험을 통하여 1933년에 입적한 13세 달라이 라마인 툽텐 갸쵸Thupten Gyatso의 환생인으로 증명되었습니다. 그러나 중국정부의 방해공작에 의하여 1939년에야 티벳의 수도 라샤에 갈 수 있었으며, 1940년 1월 14일에 비로소 달라이 라마로서의 직위를 이어받게 됩니다. 6세부터 그는 달라이 라마로서의 엄한 교육을 통하여 성직자로서 또 민족지도자로서의 자질을 연마했습니다.

여기서 티베트의 역사를 잠깐 엿볼 필요가 있습니다. 달라이 라마를 더 잘 이해하기 위함입니다. 티베트 최초의 통일국가는 여러 부족을 통합하여 왕국을 세운 쏜첸캄포 Sroṅ btsan sgampo로부터 시작됩니다. 그는 663년 수도를 라싸로 정하여 티베트왕조를 열었습니다. 중국과의 본격적인 갈등은 당唐나라 때부터였습니다. 송첸캄포 왕이 당태종의 조카인 문성공주文成公主와 혼인하는 등 한때 긴밀한 관계를 가지기도 했지만, 서역을 잇는 지리적 요건 때문에 끊임없이 당의 침략을 받았습니다. 그러나 송宋나라 때까지 티베트는 '토번吐蕃'이라는 이름으로 독립왕국을 이어갔습니다. 이후 원元나라 때에는 간접 지배를 받기도 했지만, 독립국가로서의 면모는 유지할 수 있었습니다. 중국의 보호령이 된 것은 1750년, 청淸나라 건륭제 때였습니다. 그리고 1912년 청나라가 멸망한 이후 13대 달라이 라마는 중화민국으로부터 완전한 독립을 선언합니다.

독립 선언 이후, 중화민국 정권과 군사적인 긴장상태가 유지되었으며, 티베트 달라이 라마 정부의 실효적 지배영역 내에서는 어떠한 중국의 기관도 들어올 수 없었습니다. 1918년과 1930년에는 티베트 영내로 침입한 중국 군대를 격퇴하는 등 사실상 독립국으로서의 지위를 향유했습니다.

하지만, 1949년 중화인민공화국이 세워지면서 중국은 티베트와 타이완을 포함한 중국의 옛 영토를 회복하겠다고 발표합니다. 그리고 1950년 10월, 중국 인민해방군이 티베트를 침공하여 점령함으로써 티베트는 최초로 중국의 실질적인 지배를 받게 되었습니다. 그 후 달라이 라마는 티베트의 독립을 유지하기 위한 중국과의 어려운 협상을 벌리게 되는데, 1954년에는 직접 북경에 가서 당시의 모택동, 주은래 등과 협상하여 자치국으로 인정받기도 하였습니다. 그러나 중국공산당은 자치적 활동을 하려는 티베트인들을 고문과 학살로써 지배하였고, 1960년대에는 중국

전역을 강타한 문화대혁명의 여파로 3,700개나 되던 사찰은 13개만 남고 모조리 파괴되기도 했습니다.

달라이 라마는 중국의 티베트 압정 사실을 전 세계에 적극적으로 알리고, UN의 티베트 문제 개입을 호소하였으나 실패하고 맙니다. 부처님 탄생 2500년이 되던 1956년에는 인도의 대각회[Maha Bodhi Society]의 초청으로 인도를 방문하여 네루 수상을 비롯한 정치인들과 함께 다시 티베트의 참혹한 상황을 전 세계에 알리지만 큰 반향을 일으키지는 못했습니다.

달라이 라마가 티베트를 떠난 것은 중국군의 동부 티베트지역 탄압과 달라이 라마의 신변문제를 계기로 1959년 수도 라싸에서 일어난 대규모 봉기 후였습니다. 다시 중국군이 라싸를 침략하자 달라이 라마는 그를 따르는 사람들과 함께 인도 망명의 길을 택합니다. 그리고 그곳에서 네루 수상의 도움으로 다람살라에 망명정부를 수립한 다음, 지금까지 티베트 독립을 위하여 평화적인 노력을 계속하고 있습니다. 아이러니한 것은, 티베트 불교가 세계에 알려진 것이 바로 중국정부의 탄압을 견디지 못하고 여러 나라로 떠난 라마들에 의해서였다는 점입니다. 앞서 밝혔듯이 1989년 달라이 라마는 비폭력적인 평화적 독립을 위한 노력의 공적으로 노벨평화상을 받았습니다. 그해 델리에서 열렸던 달라이 라마의 노벨 평화상 기념 강연회 말석에서 그가 했던 말은 아직도 내 마음에 남아 있습니다.

My religilon is simple, compassion and kindness.

나의 종교는 단순합니다. 자비와 친절입니다.

그가 법문을 하는 자리에는 예외 없이 수많은 군중이 모여 드는 까닭이 있습니다. 자비와 친절을 종교의 본질로 보는 그의 사상과 실천에 감동하기 때문입니다. 그의 법문을 듣기 위하여 먼 곳에서 온 서양인들이 다람살라의 법당에서 무려 3시간 동안 미동도 하지 않은 채 진지하게 경청하던 의미를 그를 직접 만난 후 통절하게 느낄 수 있었습니다. 그 인연으로 2004년 인도 북부 히말라야 산록의 타보Tapo사에서 금강정경 관정의식에 동참하여 달라이 라마 특유의 무애無碍한 미소에 젖어들기도 하였습니다. 실로 그는 한 나라, 한 종교의 지도자라기보다는 현대의 세속적 풍조에 지친 사람들의 심신을 달래주는 진정한 수행자요, 이 시대의 마지막 성자일지도 모릅니다.

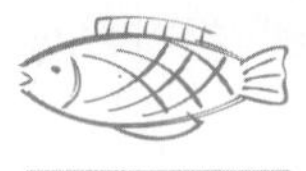

관음보살의 현시現示

'관세음!' 하고 크게 한번 불러 보십시오. 오직 관세음의 마음이 내 안에 모셔질 것입니다. 때 묻은 다른 마음이 자리할 수 없습니다. 관세음은 그지없는 자비심의 총화이며, 중생이 그리는 지고의 이상입니다. 우주 그 자체에 변만遍滿한 생명으로서, 중생의 삶을 승화시키는 영원한 힘을 가지고 있습니다. 관세음은 우주에 변만해 있으면서 중생의 부름에 응하여 그 구체적인 모습을 나툽니다. 중생이 가지는 심상心像에 따라서 천차만별의 모습으로 나투며, 다시 중생의 심성을 다스립니다.

중생의 바람이 워낙 다양하여 미소를 머금은 성스러운 얼굴

[성관음聖觀音]을 기준으로 하여, 여러 모습으로 변신하여[변화관음變化觀音] 우리 앞에 나타납니다. 그 뿐입니까. 끝없는 중생의 원망願望에 응하여 활동하려다 보니, 천 개의 손[천수千手]과 천 개의 눈[천안千眼]을 가지는 등 그 모습이 한정 없습니다. 이처럼 관음보살은 우주에 변만해 있는 자비심의 화신으로서, 언제 어디서나 그를 그리는 중생에게 응답하면서 영원히 존재합니다. 그러나 간절한 마음이 없는 중생심으로는 눈앞에 나투어 있어도 관세음보살을 볼 수 없습니다.

칸헤리Kanheri의 관세음보살이 내 어설픈 중생심을 시험한 적이 있습니다. 1991년 봄, 델리대학에 적을 둔지 2년째 되던 해였습니다. 델리에서 사계절의 변화를 느낄 수는 없지만, 겨울과 여름만큼은 분명히 구별할 수 있습니다. 겨울에 해당하는 12월 말과 1월 초 사이의 델리 기온은 최저 영상 3도, 최고 영상 10도 정도입니다. 우리 입장에서는 좀 쌀쌀하다 할 정도이지만, 비라도 내리면 추위로 사람이 죽었다는 뉴스가 나오기도 합니다. 2월이 되면 이미 기온이 섭씨 30도를 넘어 더위를 체감할 수 있게 됩니다. 그래서 대학의 학사 일정은 대개 3월에 강의를 마감하고, 4월경에 시험을 치른 후 바로 방학에 들어갑니다. 그 일정을 감안하여 내가 다니던 델리대학교의 불교학과는 보통 2월말에서 3월에 걸쳐서 불적답사 행사를 가집니다. 그해 마침 불교학과 석·박사 과정 학생들이 불적답사를 계획하기에 나도 따라붙었습니다. 일인당 참가비 350루삐(당시 1루삐는 한국 돈 35원 정도)에 대학에서 보조하는 금액을 더하여 교통비와 숙박비로 쓰고, 식비만 개인이 해결하는 아주 저렴한 코스였습니다. 등록금을 받지 않고 정부지원을 받아 운영하는 대학재정을 감안한다면 대학 측의 보조금이라고 해봐야 푼돈에 불과했습니다. 사정이 그러했으니 쾌적한 숙소는 언감생심, 총 11일박 12일의 여행 일정 동안 늘 쥐와 바퀴벌레가 득실거리는 3류여관의 방 하나(일인당 10원짜리의 폐허 같은 홀)에서 옹기종기 모여 숙박을 해결해야 했으니, 꽤 멋진(?) 여행이 아닙니까.

일정 중에는 귀에 익은 유명 불적지 아잔타Ajnta, 엘로라Elora 등이 포함되어 있어서 적지 않는 기대를 했습니다. 친구이자 불교학과 전임강사인 네기 교수가 인솔책임을 맡았고, 한국인 3인, 중국인 4명, 스리랑카인 1명을 포함한 약 25여 명이라는 적지 않은 인원이었습니다. 먼저 인도중부 무굴제국의 고도古都 오란가바다Aurangavada를 눈에 담은 후, 아잔타와 엘로라 석굴을 거쳐 칸헤리에 가기 위해 봄베이 도착했습니다. 이튿날 아침, 칸헤리행 기차는 이른 아침인데도 말 그대로 입추의 여지가 없었습니다. 그 와중에서도 우리는 설레는 마음으로 칸헤리에 대한 정보를 나누었습니다. 그 때 동행했던 이양순 선생의 표정이 심상치 않았습니다. 무슨 일로 그리 흥분했느냐고 물었더니, 이런 대답이 돌아왔습니다. "칸헤리에는 세계 최고最古의 십일면관음보살상이 있는데, 나에게는 이 관음보살님을 친견하고 촬영하는 것이 이번 답사여행에서 가장 중요한 일이거든요." 순간 경주 석굴암 본존 뒤에 단아하고 근엄하게 서 계시는 십일면관음보살의 모습이 떠올랐습니다.

칸헤리는 봄베이에서 서쪽으로 약45km쯤에 위치한 거대한 바위산을 중심으로 이루어진 지역으로, 이곳에 약 109개의 석굴이 산재해 있습니다. B.C 1세기에서 A.D. 9세기에 걸쳐서 형성된 석굴군으로 불교도들이 공부하고 수행하던 곳이었습니다. 인근 역에서 내려 삼륜차를 타고 도착한 칸헤리는 여느 다른 인도의 유적들과는 달리 유원지처럼 수많은 행락객들이 바글거려 무질서 그 자체였습니다. 인도의 경우, 영국통치 시기부터 인도고고학 조사단[The Archeological Survey of India]을 중심으로 유적지의 발굴과 보존이 체계적으로 이루어지고 있습니다. 그러나 칸헤리는 예외였습니다.

인도 유적지를 찾을 때마다 그러했던 것처럼, 입구에서 칸헤리를 안내하는 소책자부터 구입했습니다. 현지에서(때로는 사전에) 안내책자를 구입하는 일은 내가 즐겨하는 일로서, 이렇게 해서 모은 소책자들을 나는 인도여행에서 얻은 큰 재산으로 여깁니다.

나와 이양순 선생은 오직 관음보살상을 찾겠다는 마음으로 소책자를 가이드 삼아 여러 석굴들을 탐방하기 시작하였습니다. 칸헤리의 햇살은 무척 따가웠습니다. 서로 헤어져서 관음상을 찾다가 산 정상에서 다시 이 선생을 만났습니다. 몸은 온통 땀으로 젖어 있었고, 표정은 짙은 실망감으로 가득했습니다. 관음보살은 그렇게 우리 앞에 쉽게 모습을 드러내지 않았습니다.

이양순 선생은 80년대 초 부군을 따라 인도에 와서 학부 때 공부한 역사학 전공을 살려 델리대학 불교학과에서 관음보살의 성립에 대한 연구를 하고 있었습니다. 이처럼 단순한 답사가 아닌 관음보살에 관한 자료 수집에 목적을 두고 있었으니, 그녀의 실망감을 어느 정도 이해할 수 있었습니다. 가녀린 체구에 걸맞

지 않는 무거운 카메라 장비를 메고 든 이 선생의 모습이 안쓰러워 힘들지 않느냐고 물었습니다. 인도생활을 하면서 수행을 많이 했기에 그리 힘들지 않답니다. 그리고 아마 관음보살을 친견할 마음이 부족하여 보살님이 나타나시지 않는 것 같다며 말끝을 흐렸습니다. 관음보살상을 찾겠다는 집착을 놓자고 했더니, 이 선생은 다소 아쉬운 표정으로 고개를 끄덕였습니다.

시간이 꽤 흘렀던 것 같습니다. 일행과 약속한 시간은 이미 지나가고 있었습니다. 허둥대며 산을 내려가면서도 만나는 석굴마다 흘깃거렸습니다. 산모퉁이를 돌아 중턱쯤에 이르렀을 때였습니다. 왼쪽 기슭에 있는 한 석굴 모퉁이에는 한 무리의 젊은 남녀들이 주위를 소란스럽게 하고 있었습니다. '이 성스러운 곳에서 무슨 짓들이람.' 불자 입장에서 살짝 노여움이 일었습니다. 그때였습니다. 시끄럽고 혼란스러운 와중에서 온 세상이 적막감에 싸이듯 무언가 형용할 수 없는 감동이 용솟는 게 아닙니까. 41번 석굴 오른편 모퉁이에 비록 선명하지는 않았지만, 관음보살이 열한 면의 얼굴마다 미소를 보이며 우리를 반기듯 현시하였습니다. 분명히 올라가면서 살폈지만 현시하지 않았던 그곳에서, 관음보살은 그렇게 어리석은 두 중생의 심지를 시험이라도 하신 듯 나투셨습니다. 이 선생은 흥분을 감추지 못하면서 셔터를 누르기 시작했습니다.

일행을 향하는 우리의 발길이 가벼웠던 것은 당연합니다. 그러나 우리를 기다리고 있는 것은 네기 교수의 불안하고 당혹한 표정이었습니다. 왜 아니겠습니까. 시간이 너무 지체되어 이미 일행은 기차역으로 출발했고, 네기 교수 혼자 우리를 애타게 기다리고 있었습니다. 결국 관음보살을 뵈었다는 내 말에 그는 그간의 마음고생은 다 잊은 듯 활짝 웃으면서 아주 멋진 체험을 했다면서 축하해 주었습니다.

봄베이행 열차를 타기 위해 역으로 가는 길에 이 선생의 관음신앙에 대한 간단한 해설이 있었습니다. 그녀의 말에 따르면, 인도에서 관음신앙은 7세기 후반부터 크게 성하였는데 힌두교의 시바신앙과 관련이 많은 것으로 본답니다. 시공을 초월하여 활동하는 인간의 그지없는 자비심의 총화를 당시의 중생심이 관음이라는 이미지로 그려낸 것이라는 생각이 들었습니다. 경주 석굴암의 관음보살이 다시 심중에 다가 왔습니다. 그렇습니다. 중생의 마음이 맑게 열린다면 관음보살이 어디 칸헤리에서만 현시하겠습니까.

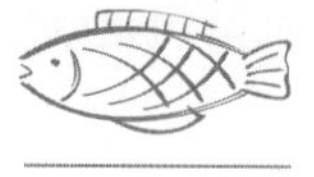

좋은 운동

"Good exercise!"

델리에서 생활한지 약 20일째 되는 이른 아침이었습니다. 인도의 원칙 없는 행정서비스에 대해 불만을 털어놓는 나에게 80대의 할아버지가 미소를 지으면서 던진 말입니다. 할아버지는 양손에 양동이를 들고 약 200m의 거리를 두고 있는 쌍둥이 아파트의 한 동棟에서 다른 동으로 물을 길어 나르고 있었습니다. 생각해 보니 물동이 나르기는 생활과 병행 가능한 좋은 운동이었습니다. 할아버지의 그 맑고 확신에 찬 미소를 아직까지 선명히 떠올릴 수 있는 것을 보면, 내가 델리에서 겪은 소중한 첫 경험이었음이 분명합니다.

"사람을 압도하는 장엄한 유적과 유물들, 불교유적은 있어도 불교(살아 있는 신행)는 없는 성지들, 그리고 눈물겨울 만큼 가난에 찌들어 있는 인도의 빈민가를 보면서 무엇을 느꼈습니까?"

델리에서 생활한지 2년째 되던 해인 1990년 11월, 종단(진각종)의 성지순례단이 일정을 마치고 공항으로 가는 버스 안에서 드린 나의 배웅 인사말 중 첫 마디입니다. 인사말을 마치고 자리에 앉자, 내 옆자리에 앉아 있던 50대 신사분이 말을 걸어왔습니다. 델리에서 열린 가톨릭평신도 국제회의에 참석하고 귀국하던 분이었습니다. 내 신분을 알고는, 요즘 한국에도 생각하면서 사는 사람이 필요하다면서 쓰고 남은 루삐(인도의 화폐 명칭)를 모두 나에게 주었습니다.

나이 40줄(정확히 42세)에 의욕(원력) 하나만으로 시작한 델리 유학생활에서 할아버지의 그 한 마디는 항상 나를 따라 다녔습니다. 내가 델리에서 처음 둥지를 튼 곳은 신 개발지역인 바산트 비하르Vasant Viha의 힐뷰Hill View, 이름이 암시하듯 힐뷰는 중고급형 쌍둥이 고층아파트였습니다. 간단한 가구와 생활도구를 마련하여 아파트에 입주한 며칠 후였습니다. 저녁을 먹은 다음, 무료하여 묵혀둔 빨래를 하기로 마음먹었습니다. 그런데 빨래를

시작한지 얼마 지나지 않아서 갑자기 수돗물이 끊어지는 황당한 일이 벌어지고 말았습니다. 이튿날 아침, 계명 정진(새벽 기도)을 마치고 창밖을 내다보았더니 진기한 광경이 펼쳐지고 있었습니다. 아파트 주민들이 다 나와 양동이를 들고 두 아파트 사이를 바삐 오가며 물을 길어 나르는 광경이었습니다. 물이 급했던 나도 반사적으로 양동이를 들고 밖으로 나갔습니다. 그러나 맞은 아파트 일층에 있는 지하수를 길어 나르는 일이 만만치 않아 짜증이 났습니다. 예고도 없이 단수를 하는 시의 행정처리가 도무지 마음에 들지 않았기 때문이었습니다. 그리고 급기야 불편한 심기는 마침 내 옆에서 양동이를 들고 가는 할아버지에게 동의를 구하듯 터져 나왔습니다.

"Good exercise!" 예기치 못한 할아버지의 반응이었습니다. '운동이라고 생각하게나.' 이런 뜻이었을 겁니다. 나도 모르게 멋쩍은 웃음으로 '예스, 굿 엑스사이스!' 라고 되받았는데, 이상하게도 마음이 매우 편해졌습니다.

외형적인 델리, 아니 인도는 처음 찾는 이방인들을 자주 당혹하게 하고 실망을 주기도 합니다. 나의 델리 생활 역시 불편함과 당혹감의 연속이었습니다. 한국에 전화 한번 하려면 왕복 3시간 이상 차를 타고 나가야 했습니다. 전화기 앞에서는 긴 줄을 서서 기다려야 하고, 차례가 와도 전화 연결이 잘 안 되어 뒷사람에게 양보하고 다시 기다려야 했습니다. 가끔은 그 알량한 전화기마저 고장이 나서 '사용불가'란 메모지가 붙어 있는 것을 보면, 왕복 6시간을 허비했다는 억울함에 주체할 수 없을 만큼 화가 나기도 했습니다. 이러한 일이 어디 전화에만 국한되었겠습니까. 그러나 살다 보면 대다수 인도인들처럼 체념하듯 받아들이게 됩니다. 아니 그보다 한국에서는 결코 겪을 수 없었던 경이로움을 체험하며 인도에 감사하는 마음까지 생겨납니다.

여행 차 잠깐 인도에 와서 나를 만난 한국인들은 대개 인도에 대해 좋게 이야기하지 않습니다. 관광지에서 손을 벌리는 어린 아이들, 여행객들의 주머니를 노리는 나쁜 사람들, 공중도덕이라고는 찾아볼 수 없는 거리문화. 부정적인 이야기뿐입니다. 하긴 길어야 일주일 정도인 여행경험만으로 어찌 그 큰 인도의 모습을 다 담을 수 있겠습니까. 그렇다면 인도와 인도인들을 어떻게 이해해야 할까요? 그 해답의 한 자락에 할아버지의 '굿 엑스사이스'가 있습니다. 할아버지의 그 한 마디 말처럼, 인도의 겉

모습 뒤에는 천의 얼굴이 숨어 있습니다.

인도에서 오랜 세월을 경험한 영국의 바삼A.L Basam부부는 인도초기 역사서를 저술하면서 책 제목을 『경이로움 그것이 인도(The Wonder that was India)』라고 하였습니다. 온갖 다양한 것들을 수렴할 수 있는 긍정적 포용성, 그리고 현상적 사실을 내면적으로 생각하는 사람들의 무의식적인 자세. 겉으로 드러나 보이는 다양한 현상 저변에 자리하고 있는 넓고 깊은 포용성이 아름답게 조화를 이루고 있는 곳이 인도라는 나라입니다.

우리를 압도하는 유적과 유물들, 유적은 있으나 불교는 없는 불교성지들, 그리고 그 사이에서 고달픈 삶을 연명하고 있는 가난한 군상들, 그들을 하나로 엮어서 이해할 수 있는 길은 인도의 저변에 흐르는 항하와 갠지스강 같은 포용성에 있는 것입니다. 겉으로 드러난 현상만으로 인도를 피상적으로 평가하는 것은 섣부른 행위입니다. 자신의 마음 깊이가 얕다는 것을 드러내는 것과 마찬가지입니다. 내 말에 동의하여 남은 루피를 다 건네준 가톨릭 신자의 말처럼, 지금은 표피적 감정을 다스리고 속을 들여다보는 '생각하는 자세'가 절실히 요구되는 시대입니다.

'사실 속에 진리가 있다[卽事而眞]' 는 『대일경소大日經疏』의 말씀을 내가 잠깐 잊었을까요? 현상을 긍정적이고 창조적으로 수용하여 가치화하는 할아버지의 '굿 엑스사이스' 라는 조크를 통해 경전의 말씀을 다시 체득하는 귀한 경험을 했습니다. 또 '생각하면서 사는 사람이 필요하다' 는 가톨릭인의 사고에서도 다시 확인할 수 있었으니, 나의 인도생활에 큰 동력원이 되기에 충분했습니다. 돌이켜 보면, 상황에 따라 일어나는 마음을 긍정적으로 바로잡으라는 회당대종사의 '당체법문當體法門' 이 예외 없이 인도 땅에도 살아 움직이고 있었던 것 같습니다. 겉으로 더 없이 가난한 나라, 다소 게을러 보이는 사람들, 그러나 그 나라에서 많은 성자들이 탄생했습니다. 귀한 철학이, 아라비아 숫자가, '제로(0)' 개념이 그곳에서 생성되었습니다. 속을 들여다보면, 지금도 크게 다르지 않습니다. 기초과학의 수준은 세계 최고급입니다. IT기술 역시 타의 추종을 불허합니다. 인도와 인도인들에 대해 우리는 '생각하면서' 이해하고 평가할 필요가 있습니다. 드러난 현상만으로는 인도의 깊은 속내를 절대로 파악할 수 없습니다.

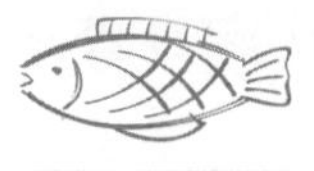

노 프러블럼

앞에서 인도에서 처음 둥지를 튼 곳이 힐뷰 아파트라 밝힌 적이 있습니다. 굳이 중고급 아파트를 택했던 이유는 당초 온 가족이 함께 하리라 마음먹었기 때문입니다. 그러나 그 계획이 변경됨으로써, 한 달이 지난 후 거처를 삐땀뿌라Pitam pura지역에 있는 작은 플랫Flat(공동주택)으로 옮겼습니다. 혼자 쓰기에 힐뷰 아파트는 너무 넓었으며, 다니는 대학과는 먼 남부 델리에 위치하고 있어 통학에도 불편했기 때문이었습니다. 델리대학의 전임 강사이자 나의 친구인 네기 교수가 구해준 플랫은 저소득층을 위하여 지은 것으로, 학교에서 삼륜차로 약 30분 걸리는 델리 서남지구에 있었습니다. 다소 멀게 느꼈지만, 우선 임대료가 저렴했고 그곳의 전원적 분위기가 마음에 들었습니다. 이웃에 사는 네기 교수의 도움이 절실했는지도 모릅니다. 네기가 가까이에서 살기 원했던 이유도 그와 같았습니다. 인도생활이 처음인 나에게 그의 도움은 큰 힘이 되었습니다.

방 하나에 소박한 부엌이 딸린 아담한 플랫. 앞집에 사는 윅Vig씨네 가족이 친절하여 더욱 좋았습니다. 딸 하나 아들 하나를 둔 하급공무원인 그와 그의 가족은 이방인인 나를 특별히 배려했습니다. 만나기만 하면 불편한 것이 없는지 물었고, 이곳 생활에 꼭 필요한 것들 즉 생필품과 음식물이 저렴한 시장의 위치, 차를 타는 법, 인도 음식 요리 법 등을 아주 친절하고 자세하게 가르쳐 주기도 했습니다. 그들 가족으로부터 배운 생활의 팁은 인도 생활 초보자인 나에게 크게 도움이 되었습니다. 불편한 일이 생기면, 도움을 청하기도 했습니다. 지금 생각해도 참 고마운 가족입니다.

10월 초에도 델리의 날씨는 견디기 힘들 정도로 무척 덥습니다. 모기떼의 극성도 대단합니다. 주위에 습지와 풀이 많고, 주택 근처에 커다란 빈 공간도 있어 모기가 서식하기에 좋은 조건을 갖추고 있기 때문입니다. 델리 시에서는 정책적으로 주거지역에 주택 공간 이상의 공간을 만들어 놓는다고 했습니다. 빈 공간을 휴식 장소, 아이들의 놀이 공간, 나아가 결혼식과 공연 등 주민들의 공공장소로 활용하라는 정책입니다. 그러나 뜻은 갸륵하지만, 이 공간 역시 나무와 풀이 자생하여 모기의 서식지나 다름없습니다. 게다가 저소득층이 모여 사는 곳인지라 위생적으로도 문제가 많습니다. 그러니 당장 아쉬운 것은 창문 방충망이었습니다. 창문을 열어 놓았다가는 밤새 모기에 시달리기 때문입니다. 무더위가 극성을 부리는 가운데 창문을 열지 못하는 그 갑갑함, 참다 참다 결국 집 주인에게 연락해서 방충망을 설치해달라고 웍씨 부인에게 부탁했습니다.

"No problem!"

웍씨 부인의 시원하고도 망설임 없는 대답이었습니다. 영어를 잘 하지 못했던 그녀와의 대화에서는 항상 딸의 통역이 필요했습니다. 딸이 없을 경우에는 'Yes'와 'No' 또는 'No problem' 등으로 해결할 수 있는 간단한 물음과 대답으로 대화가 이루어지곤 했습니다. 아무튼 나는 그녀에게 방충망이 필요

하니 주인에게 전해달라고 했고, 그녀는 저녁에 딸을 시켜서 그대로 전하라 하겠다고 자신 있게 "No problem!"을 외쳤던 것입니다. 웍씨 부인을 믿은 것은 다른 지역에 사는 집 주인이 그들에게 집 관리를 부탁함으로써 서로 연락이 잘 되고 있었기 때문입니다. 그러나 그 후 방충망 설치까지에는 상당한 시간이 걸렸습니다. 수차례 독촉을 했고, 수차례 '노 프러블럼' 이라는 대답을 들은 다음이었습니다. 결국 나는 인도에서의 '노 프러블럼' 이란 말에 관해 철저한 불신(?)을 하게 되었습니다.

'노 프러블럼' 은 인도인들의 언어 습관 중 하나입니다. 개인이나 관공서에 무언가 부탁이나 요구를 하면, 거의 '노 프러블럼' 이라는 대답이 돌아옵니다. 이방인들은 그 대답을 액면 그대로 믿지만, 결과는 정반대인 '프러블럼' 인 경우가 더 많습니다. 그래서 델리의 한국인들 사이에서 인도인의 'No problem' 은 'Nau problems(지금 문제 많아)' 이라는 말까지 생겼을 정도입니다. 당시 주인도대사 이정빈 씨(후에 외무부 장관 역임)도 한인들의 모임에서 자주 이 말을 했는데, 인도국어인 힌디어의 '노(nau)' 는 '아홉(nine)' 을 뜻합니다. 따라서 'Nau problems' 은 '아홉 개나 될 만큼 문제가 많다' 로 해석될 수 있습니다. 우리 교민들이 비아냥에 가까운 이 말을 만들어낸 데에는 이유가 있었습니다. '노 프러블럼' 을 곧이곧대로 믿었다가 낭패를 당한 경험 하나쯤은 모두 가지고 있었기 때문입니다.

이렇게 나의 인도식 '노 프러블럼' 경험은 앞집 부인으로부터 시작되었습니다. 인도인들은 부탁이나 요구를 받으면, 특별한 예가 아닌 한 '노 프러블럼' 이라 합니다. 다른 의도를 가지고 하는 말이 아니라, 그들의 언어 습관입니다. 인도인들은 무엇이든지 거절을 잘 하지 않는 습성을 가지고 있습니다. 이러한 인도인들의 애매한 언어습관을 놓고 교민들끼리 자주 토론(?)을 벌이지만, 대체로 그들의 무책임한 약속을 비난하는 것으로 끝나기가 일쑤입니다.

그러나 인도인들의 생활환경과 정신적 배경을 고려하면, 꼭 부정적으로만 볼 수 없습니다. 문제는 오히려 그러한 배경을 가진 언어습관을 이해하지 못한 채 자기네 식으로만 받아들이는 이방인들의 자세에 있을 수도 있습니다. 'No problem' 을 'Nau problems' 로 만든 것은 듣는 이들에게도 책임이 있을 수 있다는 것입니다.

그러고 보니, 내가 인도유학을 앞두고 있을 때에 동국대 인도철학과 이지수 교수가 해준 조언이 생각납니다. 인도에서는 자기 일은 자기가 알아서 해야 한다는 말이었습니다. 우리의 사고방식으로 인도인들에게 의지하지 말라는 뜻이었을 겁니다. 사실, 인도에서는 되는 일보다는 안 되는 일이 더 많습니다. 그리고 인도인들은 단 1퍼센트의 가능성이라도 보이면, 부정적이기에 앞서 긍정적으로 사고하려 합니다. 그만큼 절박하다는 뜻이기도 합니다. 그런 즉, 그들의 'No problem' 이 1퍼센트 정도의 가능성에 희망을 보이는 자세임을 감안했다면, 내 일은 내가 알아서 노력했을 것이고, 결국 'Nau problems' 은 없었을 것입니다.

꼭 인도생활에만 해당되는 것이 아닙니다. 남의 말을 자의적으로 해석하여 나타나는 부정적 현상에 대해, 섭섭함이나 실망감을 느껴서는 안 됩니다. 남의 말을 그대로 믿었다면, 판단의 책임은 자신에게 있는 것입니다. 왜냐하면 사람들마다 서로 다른 다양한 사고와 언행을 하기 때문입니다.

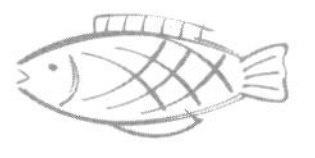

전기밥솥

1989년 7월 13일, 인도 유학을 결정하고 사전답사를 위해 인디라 간디 국제공항에 내린 것은 해질 무렵이었습니다. 공항청사를 벗어나자 찌는듯한 더위와 인도 특유의 향신료 냄새가 나를 기다리고 있었습니다. 마중 나오기로 한 네기 교수가 조금 늦게 도착했지만, 처음 대하는 인도의 풍광을 즐기느라 기다리는 건 크게 문제가 되진 않았습니다. 드디어 네기 교수가 스쿠터를 몰고 미안한 표정으로 다가왔습니다. 그가 나의 델리 생활의 든든한 지원자였듯이, 그의 스쿠터는 델리 탐색작전(?)에서 내 발이 되어 주었습니다.

네기 교수와 함께 델리 대학의 입학조건과 학사과정 등을 파악했으며, 델리의 환경을 직접 체험하면서 많은 생활정보를 얻기도 했습니다. 한국유학생들 도움도 많이 받았습니다. 특히 당시 네루대학에 교환교수로 와 있던 부산외대의 고홍근 교수의 도움이 컸습니다. 그를 통해 저렴한 게스트하우스를 찾을 수 있었으며, 한 달간 거주했던 힐뷰 아파트를 임대할 수 있었습니다. 그 아파트는 인도 중앙정부의 고급공무원인 한 노처녀의 소유였는데, 그녀는 직접 변호사를 대동하고 나의 숙소를 찾아와 계약을 할 정도로 이방인인 나에 대하여 큰 호기심을 보이기도 했습니다.

인도 도착 열흘 후였습니다. 아파트에 짐을 옮긴 후 가장 먼저 시도한 것이 한국식 저녁식사 준비였습니다. 본디 식성이 그다지 까다로운 편이 아닌지라 인도에서도 별 어려움 없이 식사를 해왔지만, 한국의 음식이 그리웠던 것은 어쩔 수 없었습니다. 가끔 고 교수의 기숙사에서 한국음식을 접하기는 했지만, 성에 차지 않아 직접 해 먹기로 작정한 것입니다. 서울에서 가져간, 그 당시로서는 최첨단 컴퓨터가 내장된 전기밥솥부터 꺼냈습니다. 공항세관까지 무사히 통과한 밥솥이었습니다. 김순금(현 원광대 교수) 후배의 조언, 인도세관은 전자제품에 대해 아주 민감하여 까다롭게 구는 편이니, 검색대를 통과할 때 머뭇거리지 말고 자신 있게 빠져나가라는 말이었습니다. 그렇지 않았다가는 엄청난 세금이나 압수까지 각오해야 한다는 것이었습니다. 효과가 있었습니다. 좀 뻔뻔스럽게(?)도 신고할 제품이 없는 그린Green 통로를 유유히 빠져나왔습니다. 가방에 무엇이 들었느냐고 묻는 세관원에게는 유학생으로서 필요한 책과 생필품뿐이라고 둘러댔습니다. 고백하건데, 그때 사실 나는 선물용 라디오 등 많은 전자제품을 가지고 갔습니다. 당연히 전기밥솥도 무사하게 검색대를 통과했습니다.

전기밥솥에 쌀을 안치고 스위치를 누른 다음, 함께 공수해 온 마른반찬을 꺼냈습니다. 드디어 그리웠던 음식을 대하고 보니 만감이 교차했습니다. 음식 하나로 이렇게 행복할 수 있다는 사실을 처음 느꼈습니다. 앞으로도 매일 이런 식사를 할 수 있다는 생각을 하니 행복했습니다. 그렇게 첫날을 보냈습니다. 이튿날, 아침 정송定誦(아침 명상)을 마친 다음, 즐거운 아침 식사를 기대하면서 전기밥솥 앞으로 다가갔습니다. 그런데 밥솥에는 어제 눌러 둔 보온 표시에 불이 보이지 않았습니다. 보온 기능뿐이 아니

ⓒ김동규

었습니다. 아예 작동하지도 않았습니다. 전류가 일정하지 않은 델리에서 전류안전 장치를 부착하지 않은 전기제품은 바로 고장과 직결된다는 사실을 나중에야 알았습니다.

밥솥 고장 사건은 사전답사에서 얻은 또 하나의 소중한 경험이었습니다. 다시 귀국하여 가족이 함께 하는 계획을 바꾸어 혼자 가기로 하고, 8월 31일에 다시 인도로 향했습니다. 고장 난 전기밥솥은 거기에서 고칠 수 있을 것이라 생각하고 따로 준비하지 않았습니다. 가족이 함께 지낼 것을 예상하고 마련한 아파트를 해약하고, 새로 거주지를 찾는 데까지는 약 한 달이 소요되었습니다. 그 동안에는 새로운 거처를 마련하고 학교생활을 하느라 경황이 없어 전기밥솥 고칠 겨를조차 없었습니다. 대신 바자르Bajar(시장)에서 싸구려 솥 하나를 장만하여 어렵사리 밥을 해 먹다가, 플랫으로 거처를 옮긴 다음에야 비로소 방치해 두었던 전기밥솥 수리 작전에 들어갔습니다.

처음에는 거주지 부근의 전기제품 수리점에 맡겨보았습니다. 역시 'No problem' 이라는 답이 돌아왔습니다. 잠시만 기다리면 될 것 같답니다. 그런데 밥솥을 놓고 이리저리 살피던 수리공의 표정이 좀 난감해 보이더니, 시간이 좀 걸릴 것 같으니 맡겨

놓고 내일 다시 오라고 했습니다. 이튿날 하교하자마자 잔뜩 기대하면서 수리점를 찾았습니다. 자기 능력으로는 고칠 수 없다는 말이 돌아왔습니다. 허탈했지만 고장 난 밥솥을 들고 돌아올 수밖에 없었습니다. 이후 나의 전기밥솥 환생작전은 계속되었습니다. 쉽지 않았습니다. 여러 수리공들의 손을 타는 시달림을 받았지만, 내 밥솥은 쉽게 깨어날 줄 몰랐습니다. 결국에는 수리비가 좀 비싸다는, 서울의 명동에 해당하는 델리의 번화가 코낫 플레이스Caunnot Place에 있는 수리점까지 진출하게 되었습니다. 누군가 알려준 정보에 의하면 전기제품이라면 무엇이든지 다 고치는 곳이라고 했습니다.

상가 이층 골방에서 작업을 하고 있던 수리공은 자신 있는 표정으로 "No problem!" 걱정 말라고 했습니다. 방글라데시에서 이미 한국 전기제품을 많이 고쳐본 경험도 있다고 했습니다. 그는 전기밥솥을 요리 조리 탐색하더니 고치면 바로 연락을 주겠으니 돌아가서 기다리라고 했습니다. 이제야 내 전기밥솥이 회생하는구나 하는 기대감으로 집으로 돌아가는 발걸음이 가벼웠습니다. 그러나 2~3일 동안 이제나저제나 하고 기다렸지만, 아무 소식이 없었습니다. 기다리다 못해 다시 그의 작업장을 찾았더니, 내가 알 수 없는 전기·전자 용어까지 들먹이면서 쉽게 고칠 수 없다며, 며칠만 기다리리라고 했습니다. 심지어 인도 사람들이 잘 하지 않는 미안하다는 말까지 했습니다. 며칠 후 또 소식이 없기에 전화를 했습니다. 한 부분은 이미 고쳤으며, 다른 한 부분을 고치는 중이라는 대답이 전화기를 타고 흘렀습니다. 수차례의 확인 전화에서도 마찬가지였습니다. 결국 다시 그 수리점을 방문한 나는 그만 깜짝 놀라고 말았습니다. 전기밥솥 내부가 거의 새것(?)으로 바뀌고 있는 중이었습니다. 그러나 최후의 처방인 전기전달 코일까지 새로 장착하고서도 끝내 내 전기밥솥은 살아나지 못했습니다.

'불가능 없음[No Problem]'의 장기를 끝까지 발휘한 인도 수리공들의 정성에도 불구하고, 결국 소생하지 못한 내 전기밥솥. 열 손가락으로 꼽을 수 있는 여러 수리공들의 손길과 나의 기대감이 묻어있었기에 버리지 않고 학업을 마치던 날까지 7년의 세월을 함께 했습니다. 인도를 떠나는 날, 시원섭섭한 마음으로 현지인에게 실험용으로나 사용하라며 넘겼습니다. 세월이 한참이나 지난 지금도 그 전기밥솥의 운명이 참 궁금합니다.

만남[緣]

인생은 '만남의 총화' 입니다. 우리 삶이란 만남에 의해서 이루어집니다. 부모와의 만남에 의해 이 세상에 존재하며, 세상에 나온 이후에는 계속되는 만남의 과정들이 모여 나의 삶을 형성합니다. 만남이 곧 삶이며, 만남의 질이 삶의 질을 결정합니다. 만남의 질은 애초에 결정되어 있는 것이 아닙니다. 진행하는 과정에서 결정됩니다. 만남의 가치는 만남의 과정에서 형성된다는 뜻입니다. 고로, 인생에서 만남을 가치 있게 하는 일보다 더 중요한 것은 없습니다.

불교에서는 만남을 연緣이라 합니다. 만남에 의해서 일어나는 것을 연기緣起라고 하며, 만남의 요인을 인연因緣이라 합니다. 만날 수 있는 공통요인을 연분緣分이라 합니다. 그 어떠한 만남도 필연적인 요인에 의해서 이루어진다는 의미입니다. 좋게 느끼든, 나쁘게 느끼든, 만남은 소중할 수밖에 없습니다. 세간에서는 악연惡緣, 선연善緣 등으로 연의 질을 구별하지만, 실제로는 악연도 선연도 존재하지 않습니다. 연을 어떻게 수용하여 소중하고 가치 있게 하는가에 따라서, 악연이 될 수도 있고 선연이 될 수도 있습니다. 이것이 만남[緣]의 도리입니다. 부처님은 만남의 도리[緣起의 理法]를 밝게 알면, 만남과 헤어짐의 소중함을 알 수 있으며, 삶의 질도 높아진다고 하십니다.

우리의 삶은 잠시도 쉬지 않고 진행되며, 진행과정은 곧 만남으로 채워집니다. 그 수많은 만남은 어느 하나도 버릴 수 없는 소중한 삶의 내용입니다. 영속적인 만남의 얽힘이 곧 우리의 삶이며, 세상의 참 모습입니다. 삶은 쉼 없이 진행하기 때문에 우리의 인생에는 결론(종착지)이 없습니다. 최후의 결론(종착지)이 없기에 순간순간의 삶이 결론이 될 수 있습니다. 지금 여기 살아가고 있는 매순간의 삶이 진정한 나의 삶이고, 그래서 우리는 최선을 다하여 살아가야 한다는 의미입니다. 만남 또한 그렇습니다. 지금 이 순간에 진행되고 있는 만남에 최선을 다하는 것이 삶을

영위하는 가장 좋은 방법이 될 수 있습니다. 이를 '현금現今의 삶'이라 한다면, 현금의 삶 속에는 '영원의 삶'이 들어 있으며 이를 '영원의 지금'이라 부를 수 있습니다. 순간은 사라지는 것이 아니라, 영원으로 이어지기 때문입니다. 현금의 삶 속에는 영원이 들어 있습니다. 현금의 나의 삶, 현금의 만남에 최선을 다해야 하는 이유입니다. 처음도 좋고, 중간도 좋고, 마지막도 좋은 '만남의 창조적 수용'으로 큰 공덕을 성취하기를 서원합니다.